婚前逃亡した侯爵令嬢ですが、嫌われてるはずの王太子に捕まりメチャクチャ溺愛されています!!

佐倉 紫

✦

Illustration

サマミヤアカザ

婚前逃亡した侯爵令嬢ですが、嫌われてるはずの王太子に捕まりメチャクチャ溺愛されています!!

contents

第一章　花嫁は逃げ出したい

「アニー！　鶏が焼き上がったぞ、三番テーブルへ持って行ってくれ！」

「はーい！」

「それが終わったら六番テーブルの注文をお願いね、アニー！」

「わかりましたー！」

大声で出される指示に笑顔で返事をして、アニーと呼ばれた黒髪の少女は大皿を運んだ。

「お待たせしました！　鶏の香草焼きです」

「ありがとうよ、アニーちゃん。ずいぶん慣れてきたじゃねぇか。働きはじめのおどおどした様子が夢みたいだ！」

大皿を受け取った常連客が、がっはっはっと豪快に笑う。

最初はこの笑いも怖かったが、慣れれば親しみを覚えるものだ。

そばかすの散った頬(ほお)を指先で掻(か)きながら、アニーと呼ばれた娘は「ありがとうございます」と笑った。

「本当に最初の頃はテーブル番号や料理名を覚えるのにも必死で……。おまけにドミさんには躓(つまず)いた拍子にエールをかけてしまったし。本当にあのときは申し訳ありませんでした」

「ははは っ！　もはや懐かしい話だな。いいってことよ！」

ドミと呼ばれた常連客は陽気に笑い飛ばした。

そのとき、扉が開いて新たな客が入ってくる。「いらっしゃいませ」と振り返ったアニーは、ハッと息を呑んだ。

(あれは、カールさん。いつも明るいのに今日はずいぶん沈んでいるわ)

アニーはじっと目をこらしてカールの胸元あたりを見つめる。

すると、そのあたりに紫色のもやもやしたものが渦巻きはじめた。

(——やっぱり、落ち込みの紫のオーラだわ！)

見ているだけでこちらまで憂鬱になるような色である。

——アニーは生まれつき、他人の胸元あたりをじっ……と見つめることで、そのひとが抱く感情を色のついたオーラで見ることができる能力を持っているのだ。

普段は意識して使うことはないが、常連客の様子がいつもと違うな？　と思ったときには積極的に使うようにしている。

今も、落ち込んでいるけど、表には出さないようにくちびるをきゅっと引き結んでいる……という客の様子を見て、彼女はあわてて駆け寄って声をかけた。

「カールさん、今日はどうしたんですか？　そんなに落ち込んで」

「えっ、アニーちゃん、わかるの？　顔には出さないようにしていた、の、に、ぃいい……！」

ぎょっと目を見開いた常連客はたちまち目を潤ませて、わっと声を上げて泣き出した。

「実はおれ、花屋のフランソワさんに結婚の申し込みをしたんだけど……すげなくフラれて、玉砕しちゃったんだよぉおお！」

うわあああん！　と悲しげに吠えるカールに、ドミをはじめとする先客たちはどっと湧いた。

「あっはっはっは！　十三回目の玉砕、おめでとう！　また記録を伸ばしたか」

「おまえもよくやるよなぁ、フラれてもフラれてもめげずに告白しに行ってさ！」

「おい店主！　哀れなカールに酒を出してやってくれ！」

言われるまでもなく、料理の手を止めた主人は奥から酒瓶を出してきた。

「アニー！　じゃんじゃん注ぐから全員にカップを回しておくれ！」

「えっ？　は、はい」

おーいおいおいとカールが大泣きする中、ほかの人間はすっかり宴会のはじまりという雰囲気でいることにアニーは驚く。

女将に言われるがままカップを運ぶと、あちこちから「カールの恋路に乾杯！」と声が上がった。

誰も彼も昼だというのに酒をあおりはじめ、食堂はあっという間に宴会場に様変わりしてしまう。

大泣きしていたカールも次々に酒を勧められて、そのうちほんわかと陽気なオーラを纏いはじめた。

「はぁ、すごいですね、皆さんの結束力……」

感心したアニーは思わずつぶやくが、今度は店主がそれを笑い飛ばした。

「あははははっ！　結束力！　そんな大層なもんじゃねぇよ。なんでもいいから酒を飲んで馬鹿騒ぎしたいだけさ。失恋はいい口実だ」

そして店主は酒に合うつまみ料理を次々に作り出す。アニーもできあがったそれを急いで各テーブルに運び込んだ。

あちこちから歌声が響いてきたり、酒飲み対決がはじまる中、近くにいた一団が「そういえば」と会話をはじめる。

「結婚の申し込みと言えばさぁ、王太子殿下もそろそろ結婚されるんじゃないかって街でうわさになってたぞ」

それを聞いたアニーは、下げようとしていた空の食器を危うく取り落としそうになる。

幸い客たちはそれに気づかず「おー、おれも聞いたぜ」とうわさ話に花を咲かせはじめた。

「長らく同盟国の戦争支援に駆り出されていた王太子殿下だけど、ようやく帰国されたんだもんな。忙しかったぶん、新婚生活としゃれ込んでも誰も文句言わないだろ」

「婚約者のお嬢様だって、ずいぶん待っていただろうしなぁ。婚約者が神託で選ばれたのって、何年前だっけ？」

「もう十年……十五年じゃ、きかないくらいか？」

「どんな別嬪(べっぴん)さんなんだろうな！」

がっはっはっ！　と楽しげに笑う客たちの声を背に洗い物をはじめながら、アニーは少なからず申し訳ない気持ちに駆られてくる。

（うぅ、別嬪なんて言うほど大層なものではないのよ。毎朝、鏡でその顔を見ているわたしが言うんだから間違いないわ）

女将に言われ新たな酒を取り出しながら、アニーはこっそりため息をついた。

（だって、うわさの王太子殿下の婚約者って、このわたしのことなんだから！）


——しかし！　そのことは一生胸に秘めて、今後はそれとまったく関係ない人生を歩むつもりだ。

なぜなら……。

（王太子殿下はわたしのことを、ものすっごく！　きらっていらっしゃるんだもの！）

あいにくアニーは、自分をきらっている相手と結ばれたいと思うほど酔狂ではない。

この大衆食堂『水車亭（すいしゃてい）』で働いているのも、一人で生きていく資金を貯（た）めるためなのだ。

（だからお願いします、女神様！　それなりのお金が貯まるまで、何事もなくここで働かせていてください——！）

皿を拭きながら、看板娘アニーこと、リーティック侯爵令嬢アニエスは、心の底から女神に強く祈るのであった。

——アニエス・リーティックが王太子の婚約者となったのは、まだ一歳にも満たない乳飲み子の頃だった。

ここロローム王国の歴史は、『繁栄の女神』が地上に降り立ったところからはじまる。

争いをくり返していた人間たちは、女神の降臨によって悪心に満ちた心を浄化され、女神が最初に降り立った場所に神殿を建て、そこを中心に国を作ることにしたのだ。

ほとんどの者は剣を農具に持ち替えて、地を耕すことに終始したが、ときに獣や他地域の者が襲ってくることもある。そのため何人かは引き続き剣を持ち、騎士として働いた。

その騎士の中でも、特に体格がよく、腕っ節の強い者がいた。

ある日、その者の肩に、真っ白に光り輝く小鳥が舞い降りた。

それを見た女神は『これぞ太陽の神からの啓示。彼こそがみずからの伴侶である』と宣言し、のちに『建国の英雄』と呼ばれることになるその騎士と婚姻を結んで、男の子を産み落とした。

その男児こそが、ロローム王国の初代国王というわけである。

その国王の伴侶となる女性も、その娘の伴侶となる男性も、真っ白な小鳥が肩に舞い降りたことで選ばれることになった。

長い歴史の中で、ロローム王国には大きな争いや災害が何度も襲いかかった。

それでも王家が今日まで途切れることなく繁栄し続けたのは、連綿と続く女神の血筋と、小鳥が選んだ伴侶が持つ神聖な力が働くためと言われている。

――そのため現代においても、世継ぎの君の伴侶は小鳥が選ぶことになっていた。

とはいえ現代においては、光を纏った小鳥がどこからともなくやってくる、というおとぎ話じみたことは起こらない。

その代わりに王太子が産まれたら、だいたい一年ごとに神殿で『花嫁選びの儀』を行うことになっている。

まず、王国内の零歳から十歳までの貴族令嬢の名前を札に書き、神殿の広間の床にずらりと並べる。そこに、清めを施(ほどこ)した白い小鳥を放って札を選ばせる。

そんな方法で本当に花嫁が選ばれるのか？　と誰しも疑問に思うところだが、この方法が採用された八百年前から今の国王陛下の代まで、問題なく花嫁は選ばれてきた。

そして今から二十六年前、国王夫妻のあいだに玉のようなお子様がお生まれになった。彼こそが、新たな世継ぎの君である王太子エグバート殿下である。

女神に仕える神官たちは、すぐに『花嫁選びの儀』をはじめた。

しかし、小鳥は一年経(た)っても二年経っても、並べられた札の上を飛び回るばかりで、最後は飽きた様子で水浴びなどしてしまう始末だ。

神託の『し』の字も感じられない姿に多くの者は落胆したが、神官たちはあっけらかんと述べた。

『きっと王太子殿下にふさわしいご令嬢は、まだお生まれになっていないのだろう』

神官たちのその言葉が証明されたのは、エグバートの誕生から八年後のことだ。

エグバートの誕生日に合わせて行われた八回目の『花嫁選びの儀』にて、ようやく小鳥は、ある札に向かって一直線に飛んでいったのだ。

札に書かれていた名前は、アニエス・リーティック。春に生まれたばかりの侯爵令嬢の名であった。

——こうしてアニエスは、大喜びの国王夫妻に招かれるまま王城へ出向き、その場で王太子の花嫁が代々住まうと言われる『女神の城』を与えられた。アニエスは一歳に満たない年齢で、一城の主となったのだ。

国王陛下の前でも無邪気な笑顔でハイハイを披露したアニエスと違い、両親であるリーティック侯爵夫妻は腰を抜かすほど驚いたようだが……小鳥による『神託』で選ばれたからには受け入れるしかない。

『自分たちのような名ばかりの貧乏貴族から、神託の花嫁が出るとはなぁ……』

というのが、アニエスの両親の口癖だった。

とはいえ王太子の花嫁の実家が貧しいというのは体裁が悪いので、両親には王国から特別手当が支給された。堅実な両親はそれに甘えることなく領地経営を建て直し、今では並みの貴族としてそれなりに暮らしている。

アニエスは女神の城で暮らしているので、領地で暮らす家族と会えるのは年に二度か三度くらいだ。

五歳までは母が一緒に女神の城で暮らしていたが、弟が生まれると当然のごとく、そちらにかかりきりになってしまった。

母が領地に帰ってからしばらくはさみしかったが、もともとアニエスは活発で明るい気質だ。

女神の城に仕える使用人たちが厳しくも優しいひとたちだったこともあり、多少のさみしさなど問題ないほど、のびのびとおおらかに育った。

同時に、婚約者である王太子エグバート殿下についても、日々思いを馳せていた。

『王太子殿下は文武両道、国を治める王としても、国を護る騎士としても大変優れたお方で、建国の英雄の生まれ変わりではないかと言われるほどです』

と、教師陣は口をそろえてエグバートのことを絶賛していた。

そんな素敵なひとがわたしの将来の旦那様……！　と、幼心にわくわくとときめきが止まらなかったことを、アニエスは今でも覚えている。

八歳年上の王太子は、アニエスが五歳になる頃にはもう騎士としての修業を本格的にはじめていた。

ロローム王国は『建国の英雄』が勇猛な騎士だった歴史から、王太子は必ず騎士号を取得することが求められるのだ。

おまけに同盟国であるオーベン王国が、隣国と長く緊張状態にあることもあって、王都のほうはなにかとさわがしい状態が続いていたようだ。

エグバートもその優秀さを買われ、十代半ばにも満たないうちから軍議や会議に出席していたらしい。

そのため、田舎にある女神の城を訪れる時間がなかなか取れず――彼がはじめてアニエスを訪ねてきたのは、彼女の十歳の誕生日のときだった。

アニエスとしては、胸をときめかせてきた愛すべき婚約者との初顔合わせだ。

その日のみならず三日前から緊張と興奮でまるで眠れず、当日着るドレスに頭を抱えたり、挨拶を何度も練習したりと、完全に浮き足立った状態で過ごしていた。

――それだけに、はじめて顔を合わせたエグバートの胸元に渦巻くオーラを見て、十歳のアニエスはどん底に落とされることになったのである。


「――ああっ！　いやな夢を見てしまったわ……！」

全身に汗をびっしょりかきながら飛び起きたアニエスは、毛布を硬く握りながらぜいぜいと肩で息をしてしまった。

「はっ、今は何時？　寝過ごしたかしら……ううん、まだ大丈夫ね」

脳裏に残る夢の残像をかき消すように、狭い寝台から飛び降りたアニエスは急いで水車亭の裏手へ向かった。

朝靄（あさもや）が立ちこめる早朝はまだまだ寒い。冷たい空気に肌がピリピリするのを感じつつ、アニエスは井戸から水を汲（く）み上（あ）げ、手早く道具を広げる。

そして昨日より少し明るくなってしまった髪を、染め粉を使って慎重に染め直した。

「……よし、これでちゃんとした黒髪ね」

持参した手鏡で染め具合を確認してから、アニエスは再び、住まいとしている水車亭の二階へ駆け上がった。

街外れにある大衆食堂『水車亭』は、一階が食堂、二階が居住区となっている。十日前から住み込みの店員として居候しているアニエスは、二階の小部屋を使わせてもらっていた。

寝台と衣装棚、椅子と机でパンパンになってしまう狭い部屋だが、使用人がいない生活ならこのくらいのほうが管理しやすくて助かるというものだ。

「急いで着替えなくっちゃ。髪を染めるだけで時間がかかるんだから、もうっ」

ここの店主夫妻の娘さんが若い頃に着ていたというワンピースに着替え、髪をおさげにしたところで、階下から「アニー！　さっさと降りておいで！」と女将さんの声が聞こえてきた。

「はーい、今すぐ！　……急がなくっちゃ」

廊下に向けて叫んだアニエスは看板娘アニーになるべく、頬にそばかすを描き込む。

エプロンを身につけながら食堂に向かうと、さっそく女将から「モップがけをしな！」と指示が飛んだ。

「はーい、すぐやります！」

女将の口調がきつかったので、これ以上怒らせる前にと、アニエスはすぐに床掃除にかかる。

だが、床を磨く合間にじっと見てみた女将の胸元には、怒りの赤色ではなく、つらさを示す赤紫のオーラが出ていた。

「女将さん、もしかしてまた腰が痛み出しました？」

すると女将は驚いた顔をして振り返った。

「おや、よく気づいたね？　うちのひとなんか、わたしが寝台でうめいていても知らん顔して買い出しに行ったっていうのに」

「あはは……なんだか顔色が悪かったから」

アニエスはそんな言葉でごまかした。

ひとの胸元をじっと見ることで、そのひとがどういう感情を抱いているかが見えるのだ……ということは、なるべく言わないようにしようと思っている。

なぜならその手の特殊な能力を授かることができるのは、この国に生まれた王侯貴族に限定されているからだ。

一般的に『女神の贈り物』と総称されているこの能力だが、その内容は一人一人で異なる。

ただどんな能力であれ、常人では持ち得ない力だけに、それを『持っている』というだけで身分があっさりバレてしまう。ここを隠（かく）れ蓑（みの）に暮らしているアニエスにとって、自分の能力は他人には決して知られてはいけないものだった。

とはいえ、接客業のような人間相手の仕事には重宝する能力だった。昨日もこの能力のおかげで、落ち込んでいたカールにいち早く気づくことができたし。

——むろん、この能力がすべてにおいて、いい方向ばかり働くわけではないけれど……。

(そう、まさに八年前、婚約者の王太子殿下とはじめて顔を合わせたときなんか……)

今朝まさに夢に見ていたことを思い出して、アニエスはぶるっと震え上がる。夢の記憶をかき消すために、力を込めて床を磨いた。

そのあいだ、金勘定をしていた女将はブツブツとつぶやき続ける。

「本当に、腰をグキッとやってからというもの、不便でしかたないね。アニーもようやく使えるようになってきたとはいえ、まだまだドジをやらかすし。のんびりしていられないよ、まったく」

「あはは、すみません……」

口の悪い女将だが、言葉ほど怒っているわけではない。ただ腰の痛みが強すぎて、八つ当たりしないとやっていられないという心境のようだ。

(ぎっくり腰で動けなくなっていたところを助けた縁で、こうして住み込みで働かせてもらっているから、わたしとしては渡りに船ではあったけれど……)

怪我(けが)をした当事者からすれば決して嬉(うれ)しいことではなかっただろう。

と、店の入り口が開いて店主が顔を出した。

「ただいま〜。お、アニー、朝からご苦労さん。——ほれ、薬もらってきたぞ」

「え? あんた、医者のところに行ってたのかい?」

店主が差し出した袋を、女将は目を丸くして受け取った。

「昨夜に痛み止めが切れちまって、『いてぇ、いてぇ』ってずっとうめいていたじゃねぇか。それを聞いて放っておくほど、おれは薄情じゃねぇぞ」

「ふ、ふんっ。そうかい。まぁ、ありがたく受け取っておくけどさ」

女将は素っ気なく言ったが、夫の思いがけない優しさにすっかり気分がよくなった様子だ。顔は怒っているのに、胸元にはあたたかな黄色とピンク色のオーラが渦巻いていた。

素直ではない女将にアニエスは思わず笑ってしまいそうになる。そんな彼女に、店主がメモを差し出した。

「そろそろ市場が賑(にぎ)わう時間だ。アニー、これが今日の買い出しメモ。重いかもしれんが、よろしく頼むよ」

「はい！　お任せください」

「あんたは金勘定は間違わないからねぇ。そこだけは重宝しているよ」

どこまでも減らず口の女将が買い物籠を渡してくる。店主が「これ、朝ご飯代わりに食べな」とリンゴも投げて寄越(よこ)してきた。

「ありがとう！　じゃあ行ってきます！」

つやつやのリンゴに顔を輝かせながら、アニエスは意気揚々と買い物に出かけた。

水車亭は街外れにあるが、それでも通りを三本も行けば人通りの多い場所に出る。午前中は広場に市が立つこともあり賑わっているのだ。

（今日は……心なしか、警備の兵士の数が多い？）

気にするほどではないが、鎧を着込んだ人間とすれ違うことが多い気がする。

（もしかして、女神の城に王太子殿下がきているから、かしら？）

ふと振り仰いだ先には小高い丘があり、その上に三階建ての瀟洒な城が建っている。

あれこそが、世継ぎの花嫁が代々住まう『女神の城』だ。アニエスは十日前、いろいろと工作をした上で、あそこからこっそり逃げ出してきたのだ。

（きっかけは、戦場から帰還した王太子殿下から、結婚の日取りの相談のために女神の城に向かうという手紙をいただいたからだけど……）

王太子との結婚を断固拒否したいアニエスは、以前から温めてきた脱走計画をここぞとばかりに実行したのだ。

すなわち、愛馬を使って遠くに逃げたことを偽装し、自分自身は女神の城のすぐそばの街にしばらく身を潜める。

泡を食った兵士たちが遠くを探っているあいだ、アニエスは田舎から出てきた野暮ったい娘に変装し、どうにかして仕事を見つけて生活費を稼ぐ。

ある程度の資金が貯まったら、船を使って一気に遠くへ旅立つ――。

アニエスはこれを『灯台もと暗し作戦』と呼んでいた。

幸い、この街にはお忍びで何度も遊びにきていて、どこになにがあるかはだいたいわかる。

求人もさりげなくチェックしていたが、それらを活用する前に『いたたたた！』と叫んで倒れ込む水車亭の女将に出くわしたのだ。

街の人たちと協力し女将を水車亭に運んだところで、職を探しているなら、ぜひうちで給仕をしてほしいと店主に頼まれた——というわけなのである。

（おかげで仕事どころか衣食住のすべてが解決したのだから、本当にありがたいことだったわ。ぎっくり腰がなかなか治らない女将さんは気の毒だけど）

できれば女将の腰が治ったあとも、しばらく雇ってほしいものだ。

市場でも兵士の数がそこそこ多いような気がしたが、王太子が女神の城に滞在している（あるいはこれから訪れる）のなら、警備を増やすのは当然のことだ。

決して自分を捜しているからではないと結論づけて、アニエスは胸を張って堂々と街を歩いた。こそこそしているより、しっかり顔を上げて歩いたほうが怪しまれる確率は低いのだ。

そして無事に店が並ぶ場所にやってきたアニエスは、エプロンのポケットからメモを取り出す。

しかし、いたずらな風がぴゅうっと襲いかかり、メモを遠くへ飛ばしてしまった。

「うそでしょうっ？　ちょ、ちょっと待って……！」

アニエスは急いでメモを追いかける。

追いついたと思ったらまた風にさらわれ、人混みで蹴られ、踏まれ——そうして遠くへ転がっていったメモは、なんと用水路へ落ちそうになっていた。

「わあああ、待ってぇ！」

アニエスは水路の縁で大きく身を乗り出して、必死に手を伸ばす。

なんとかメモは掴んだものの……バランスを崩して、前に倒れ込みそうになった。

「ひっ」

（落ちる――――！）

頭から水に突っ込む恐怖に、アニエスは思わずぎゅっと目を閉じて身体を硬くする。

そのときだ。いきなり腹部をがしっと掴まれ、強い力でうしろに引っぱられた。

「きゃあ！」

踏ん張りがきかずに尻もちをつくが、思ったような衝撃は訪れない。

アニエスが怖々と目を開けるのと、耳元で「つぅ……」と痛そうな声が聞こえたのは、ほぼ同時のことだった。

「……！　ご、ごめんなさい！　大丈夫ですか!?」

見ればアニエスは、背後から抱きしめてくる誰かの膝上に座り込んでいる状態だった。

あわてて飛びのくと、尻もちをついたそのひと――どうやら若い男性のらしい――は、「いや」と口数少なくつぶやいた。

状況からして、水路に落ちそうになったアニエスを、彼が背後から抱えて助けてくれたのだろう。

その反動でに尻もちをついたようだ。アニエスはたまらずおろおろした。

「ほ、本当にごめんなさい。あの、お怪我は……」

あわてて膝をつき、彼の顔をのぞき込む。

すると正面から目が合って、アニエスは思わず鋭く息を吞んでしまった。

(うわっ。なんて、きれいなひとかしら)

まっ先に思ったのはそんなことだ。

外套（がいとう）のフードからのぞいた男の顔は、まさに美麗の一言。すっと通った鼻筋に、薄く開いたくちびる、こちらを見つめる瞳まで、女神様が特に愛して造ったとしか思えないほど、完璧に整っていた。

(わぁ、見ているだけで心が洗われるような美形だわ……。って！　感心している場合ではないわね)

ハッと我に返ったアニエスは彼に手を差し出した。

「立てます？　どこか痛めていないといいのですが」

相手はフードの下から不審そうにアニエスを見上げつつ、素直に手を取って立ち上がる。ゆっくりした動作だったが、どこか痛めている感じではなさそうだ。

「本当にすいません。でも、おかげで助かりました。なにかお礼を——そうだ」

アニエスは買い物籠に入れていたリンゴを取り出した。

「こんなものしかなくて恐縮ですが、どうぞ受け取ってください」

「……いや、礼を言われるほど大層なことをしたわけではないから。それは君が取っておきなさい」

「でも――」

するとアニエスの腹部から、ぐぅ～……きゅるるる……、と、あきらかに空腹を訴える音が響いた。

「……ぷっ」

その音があまりに大きく、あまりに尾を引いて響いたからか、相手がたまらず小さく噴き出す。

アニエスは引き攣った笑顔になりながら「ししし、失礼しました！」と首まで真っ赤にした。

「やはり、それはあなたが食べなさい」

「いえ、そんなわけには！　お礼ですので！　お願いだから受け取ってください！」

「では、こうしようか」

青年はリンゴをひょいっと受け取り、ヘタのへこみの部分に親指を入れる。そのままふんっと力を入れると、リンゴは縦に真っ二つになった。

「！　えっ、すごい！」

「これがあなたので、これがわたしのだ」

「わぁ……っ」

半分になったリンゴを受け取ったアニエスは、思わずまじまじとリンゴと彼を見比べた。

「力持ちなのですね。あまりそうは見えないのに」

「……今のやり方に力は必要ない。むしろ力任せにやるとリンゴは砕ける。ちょっとしたコツを掴めばいいだけだ」

「へぇ……」

リンゴをかじりながら、アニエスは上目遣いに相手の顔を見やる。

フードの陰になっているけれど、やはり美麗な顔立ちだ。

(というか、どこかで見覚えがあるような気が……？)

うーんと首をかしげるアニエスも、相手もじっと見つめてきた。

「な、なにか？」

「いや……。このあたりで、あなたと同じ年頃の、金髪の娘を見たことはないか？」

「ごほっ」

危うくリンゴを喉に詰まらせそうになって、アニエスはトントンと胸元を叩(たた)いた。

「い、いいえ、知らないです」

「本当に？　とはいえあの金髪は目立つからな……。鬘(かつら)をかぶって変装している可能性も高いが」

アニエスは背中に冷や汗を滲(にじ)ませながら「そうなんですね」と素知らぬ顔をしてつぶやく。

「あっ、わたしったら、買い出しの途中だったのを忘れていたわ。親切な方、助けてくださって本当にありがとうございます。では、わたしはこれで」

「ひっ⁉」

アニエスはにこやかに手を振って別れようとする。が、その腕をうしろから掴まれた。

「……なにかあやしいな？　知っていることがあるなら教えてくれ」

「い、いえいえ、なにも？　知らないですよ、本当に？」

「そんなうわずった声で言われても信憑性が……いや……」

ふと青年はなにかに気づいた様子で、アニエスをさらに引き寄せる。

そしておもむろに彼女のお下げに手をやり、ぎゅっと握りしめた。

「いっ、いたたた！」

「すまない。だが――なるほど、染め粉を使っていたのか」

自身の白手袋がべったりと黒く汚れたのを見て、彼はますますアニエスを引き寄せる。

「ひぃっ」

「まさか君がアニエス・リーティック本人とは。さすがに言い逃れはできないだろう？」

染め粉が落ちた金色のお下げを掲げられて、アニエスは口元を引き攣らせる。

「い、いやいやっ、人違いですって！　わたし、あのっ、この年でめちゃくちゃ白髪が目立つので、隠すために染めていただけなんです‼」

「さすがに苦しい言い訳ではないか……？」

相手ははぁっとため息をついて、おもむろに顔を隠していたフードを取り去る。

太陽の下に顔が露わになると、改めてその美貌に釘付けになった。

それ以上に目を惹かれたのは――真冬の凍った湖のような色の、さらさらとした銀髪だ。眉毛も睫毛も同じ色で、人間離れした美しさにあんぐりと口を開けて見入ってしまう。

（……あれ？　でもこの銀髪ときれいな顔……どこかで見覚えが……？）

思わず抵抗をやめてじっと見つめるアニエスに、彼は苦笑いしていた。

「わたしが誰かわからないか？　最後に肖像画を送ったのも八年前だし、気づかないのも無理はないが――」

（肖像画）

アニエスの脳裏にぱっと浮かんだのは、女神の城の玄関ホールに飾られていた、婚約者エグバート王太子の肖像画だ。

描かれていた彼はまだ少年の面影を残していたが、目の前にいる青年と同じような銀髪に薄い青色の瞳をしていたような……。

（ま、まさか）

手にしたリンゴを驚きのあまり取り落としながら、アニエスはたちまち真っ青になった。

「お、王太子エグバート殿下……？」

「ようやく気づいたか。いかにも。わたしはあなたの婚約者のエグバートだよ、アニエス」

アニエスは思わず絶望と驚愕（きょうがく）の悲鳴を上げてしまった。

「……いやぁあああ！　よりによって一番捕まってはいけないひとに捕まってるぅ！」

「よく響く声だな。ちょっと黙りなさい」

「わあっ！」

逃げる間もなく相手の肩に担がれ、アニエスはあわてて足をばたつかせた。

「ひぃっ、下ろしてください！　人違いっ、人違いですよ絶対に！　わたしはただの大衆食堂の女給ですぅぅう！」

「たかが女給ごときが髪など染めるか。ここでは込み入った話はできないから、宿に行くぞ」

「いぃいいやぁあああだあぁぁああああ！」

アニエスは全力で抵抗したが、戦場で一騎当千の働きを見せた王太子相手に、そのようなものが通じるはずもなく。

小麦袋のように肩に担がれたまま、さっさと連れて行かれてしまった。

＊　＊　＊

——婚約者である王太子エグバートとの初顔合わせの記憶は、八年経った今でもアニエスの脳裏にしっかり焼きついている。

悩みに悩み抜いた上、当時一番のお気に入りだった花柄のドレスを身につけ、王太子殿下の到着を城の玄関ホールで今か今かと待っていたのだ。

予定より少し遅れて到着した王太子エグバートは、あらかじめ贈られていた肖像画に描かれていた以上の美少年で、女神のも御遣(みつか)いではないかと見まごうほどの美しさだった。

アニエスは興奮と緊張で真っ赤になりながらも、教わったとおりに片足を引くお辞儀を披露した。

『お、お初にお目にかかります、王太子殿下。アニエスと申します』

無事に言えたとほっとして顔を上げたアニエスだが、エグバートのきれいな顔を正面から見る勇気はなくて、つい彼の胸あたりをじっと見てしまったのだ。

――そして、見つけた。彼の胸に渦巻く感情のオーラを。

それを見た瞬間、アニエスは思わず「ひっ」と引き攣った声を漏らした。

当時十八歳のエグバートの胸に渦巻いていたのは、恨みや憎しみ、怒りや悲しみという、あらゆる負の感情をまぜこぜにした、どす黒い色だったのだ。

『王太子エグバートだ。出迎え感謝する』

挨拶の声も信じられないほど低く、不機嫌がこれでもかとにじみ出ていて、十歳のアニエスは人生ではじめて見るどす黒い負のオーラと、全身から放たれる不機嫌の雰囲気に、アニエスはすっかり恐れを成して震え上がった。

（ひぃぃ～……！）と胸中で悲鳴を上げてしまう。

予定では彼を客室に案内し、紅茶を飲みながら世間話をする予定だったが、とてもそんなことができる様子ではない。

かろうじて客室への案内はできたが、部屋に入るなり彼は低い声で告げた。

『すまないが疲れているのだ。食事の時間まで休ませてもらう』

『は、はひぃぃ……！』

アニエスは引き攣った声で返事をして、そのままエグバートのもとを逃げ出した。

そして極度の緊張と衝撃からか、普段あきれるほど元気だというのに急にキリキリとした腹痛に見舞われて……結局、夕方から予定されていた誕生日の祝宴は、主役の体調不良で取りやめとなってしまった。

あとから聞いた話では、エグバートは当時そうとう忙しい日々を過ごしていたようで、睡眠時間を犠牲にしてまで女神の城に立ち寄ってくれたらしい。

不機嫌だったのは、きっとお疲れだったからでしょうと周囲は取りなしてくれたが……寝不足だけで、あそこまでどす黒いオーラが渦巻くなんてあり得ないとアニエスは思っていた。

忙しいエグバートはアニエスが回復する頃には女神の城を出立していた。『お大事に』と書かれたカードと誕生日祝いの花が残されていたが、アニエスの気持ちは沈むばかりだ。

(きっと王太子殿下は、わたしのことがお好きではないのだわ)

それまでのアニエスは、自分がエグバートに好かれることになんの疑問も持たずにいた。なにせ自分は神託で選ばれた花嫁だ。当然、仲良くなれるものだと信じ切っていた。

しかし十八歳のエグバートにとって、結婚相手がすでに決まっているというのはおもしろくないことだったのかもしれない。

一般に王侯貴族の十八歳というと、一人前の大人として社交の場に出て、みずから結婚相手を探しはじめる年齢だという。

親が結婚相手を決めることも多いのだが、昨今は家柄の釣り合いさえ取れれば、あとは本人たちの自由意志に任せるという風潮も強いらしい。社交界では多くの若者が恋愛を楽しんでいるそうだ。

最初から結婚相手と定められているアニエスとエグバートには、恋愛という自由はないに等しい。

年頃のエグバートからすれば、同世代の男女が当たり前に行っていることができないのだ。不満は溜(た)まる一方であっただろう。

アニエスの年が彼と同じ、あるいは二、三歳しか離れていないなら、まだ救いはあったかもしれない。だがあいにく二人は八歳も年が離れている。十八歳の青年にとって、十歳の娘に恋をするのは、いろいろと無理な話であっただろう。

(でも、そうはいっても、あのどす黒いオーラは正直、ひどくない……!?)

いくら神が定めた花嫁が気に入らないとは言え、あんなにも負のオーラを前面に出すことはないではないか!

周囲は初顔合わせがこのように終わったことを残念がって、すぐにでもエグバートに再訪してもらおうと動いたようだが、折悪(おりあ)しく、同盟国が隣国と本格的な戦闘状態に入ったとの報(しら)せが入ってきた。

エグバートはロローム王国の代表として、兵を率いて同盟国を助けに行かねばならず、婚約者を訪ねて田舎に向かう余裕はいっさいなくなってしまったのだ。

出立前のエグバートからは『行ってくる』という旨のカードが届いたけれど、アニエスはなんと返事をしたらいいのかわからなかった。

無難に『ご無事を祈っております』とでも書けばよかったのだろうが……いずれにせよ、女神の城にカードが届けられる頃には、エグバートはもう国境を越えていたであろう。

戦況については女神の城にも定期的に報せが届いた。

曰く、エグバートは単騎で敵の部隊に突入して首級を挙げたり、苦戦している部隊に加勢し、あっという間に戦況をひっくり返したりと、まさに一騎当千の働きを見せているらしい。

同盟国の国王からは『まさに戦の神！』と崇められているようで、我が国でも『王太子殿下は建国の英雄の生まれ変わりだ！』ともてはやされていた。

一方で、たった一人で敵陣に飛び込みながら、まったくの無傷で戻ってくるということから、敵軍からは『死神』と呼ばれ恐れられているらしい。ロローム王国と同盟国がエグバートを神聖化すればするほど、『奴の本性は血に飢えた獣だ』などと吹聴して回っていた。

エグバートを殺人鬼やら、返り血まみれの野蛮人などと揶揄したビラなどが、このあたりまで出回ることもあったほどだ。

たいていのロローム国民は、戦況が苦しい敵国の悪あがきだと断じて、罵ったり笑い飛ばしたりしておしまいだったが……お忍びの町歩きの際、偶然にもそのビラを見つけてしまったアニエスは、描かれているエグバートの絵を見て身体の芯から震え上がった。

描かれていたのは敵の首を高々と掲げ、全身を真っ赤に染め上げた恐ろしい顔つきの騎士だった。

一緒にいた侍女は「こんなものを見てはいけません」と目をつり上げて、ビラをその場で破いてしまったが、アニエスの網膜には恐ろしい騎士の絵がすっかり焼きついていた。

(死神とも恐れられるようなひとが、わたしの結婚相手)

エグバートとの対面がなければ、アニエスも民衆と同じように笑い飛ばせたかもしれないが……。

(あの、どす黒いオーラの持ち主なら……本性は死神であってもおかしくないかも)

一度そう考えてしまったら最後、なにもかも悪いほうへ考えるようになっていき、エグバートの華々しくも人間離れした活躍を聞くたびに、アニエスは恐怖で震え上がることをくり返した。

開戦から七年も経つ頃には戦況もずいぶん落ち着いて、あとは敵国が音を上げるのを待つばかりという状態になった。

同盟国の完全勝利も目前という事態に、ロローム王国も大いに沸き立っていたが――このときになって、英雄と讃(たた)えられていたエグバートが、はじめて問題行動を起こした。

なんと、同盟国の王城で行われた戦勝祝いの席で、彼はかの国の王女に乱暴を働いたという。

乱暴を働くというのを、当時十七歳だったアニエスは単純な暴力と受け取ったが、女神の城に仕える人々は別の意味で受け取ったらしい。「アニエス様という婚約者がいらっしゃるのに」とか「戦で発散できない欲望を女性にぶつけるようになったのか?」などと、深刻な表情でうわさしていた。

純真無垢(じゅんしんむく)に育つようにと、早いうちから女神の城での生活を与えられるアニエスには、彼らが言っていることの意味はよく理解できなかった。

だが理解できなくても、エグバートが女性相手に悪いことをしたのは間違いない様子だ。

ロローム側はこれを謝罪し、同盟国側は『此度の完全勝利はエグバート殿下の存在あってのことだから』と問題を大きくすることはなかったが、それでも二国間にそれなりの緊張が走ったのは事実。

その後、エグバートはみずから二ヶ月の謹慎を行い、最後の大きな戦いではじめから終わりまで前線で雄々しく戦った。その甲斐あってか、敵国は最終戦力もことごとく潰され、停戦条約の締結へと舵を切ったのだ。

その半年後には和平条約も結ばれ、同盟国と隣国の八年に及ぶ戦争は、なんとか幕を引いたのである。

その立役者となったエグバートは、ちょっとした乱暴事件などなかったように、同盟国とロローム王国で英雄として讃えられ、戦の神としてその名を大陸中にとどろかすことになった。

そんな素晴らしい方の婚約者なんて素敵ですねぇ、などと声をかけてくる者も多かったが、アニエスとしては荷が重いばかりだ。

そもそも彼女の中では、エグバートは英雄というより血に飢えた死神というイメージが大きい。女性に乱暴を働いたという事実も無視できないもので、次に襲われるのは自分ではないかという恐怖をも抱えることになった。

（うぅ、暴力におびえながら暮らす結婚生活なんて、絶対にいやよ……！）

それにエグバートだって、アニエスのことを好きとは思っていないはず。初対面のあの不機嫌さを思えば確実だろう。

（というか……わたしたち、お互いにきらい合っているなら、結婚する必要はないのでは？）

アニエスはハッと気がついた。

一度気づくと（そうよ、必要はないわよね⁉）という気持ちが一気に大きくふくらんでくる。

とはいえ、自分は神託によって選ばれた花嫁だ。婚約破棄を願い出たところで即座に却下されるのがオチであろう。

（――それならば、わたしが国外に逃げるというのはどうかしら？）

あまり表に出ない話ではあるが、神託の花嫁が結婚前に国外に出た例は過去に二件あるのだ。

一件目は、世継ぎの王子に好きなひとができたために、婚約者を国外追放にしたというもの。

二件目は、婚約者のほうが別の男性に懸想して、彼に操を捧げるために自発的に国を出たというものだ。

この場合どうなったかというと、一件目は『花嫁選びの儀』を何度やり直しても、新たな花嫁が選ばれることはなかった。痺れを切らした当時の国王が、世継ぎを長男ではなく次男にすると命じ、その上で『花嫁選びの儀』を行ったことで、無事に花嫁は選ばれ、国は次男が継ぐことになった。

二件目は花嫁のほうから逃げ出したためか、新たな『花嫁選びの儀』ですぐに新しい花嫁が選ばれ、世継ぎは彼女と結婚して事なきを得た、という具合だ。

ここから見える結論としては、どうやら花嫁のほうから自発的に国を出た場合は、新しい花嫁は問題なく儀式で選ばれるということだ。

——それならば、アニエスが国を出てしまえば、エグバートは新たな婚約者を得ることができるのではないだろうか？

今や大陸中から英雄視されるエグバートの花嫁だ。きっとアニエスよりも知的で美しく、非の打ち所がない令嬢が選ばれるはずである。

（エグバート様だって、きらいなわたしをいやいや娶るより、新たな花嫁を得たほうが絶対にいいに決まっているわ。そしてわたしは死神たるエグバート様から逃れて、自由に生活できる……！　いいことずくめではないの！）

もともとお転婆で、屋内で刺繍や音楽を楽しむよりも、馬を走らせたり木の上で昼寝したりするほうが好きなアニエスだ。

将来の王太子妃として市井とのふれあいも大切という観点から、一ヶ月に一回は街歩きをしていたが、そこで働く人々を見るのはなによりの楽しみだった。花屋や野菜屋の軒先で元気に売り子をしている娘たちを見ると、自分もあんなふうに働きたいという思いも強くなった。

幸い身体は丈夫だし、読み書きに計算、外国語も一通り学んで、どこへ出てもやっていくだけの教養はあると思う。

顔立ちは幸か不幸か平凡なほうだから、目立つ金髪を染めて野暮ったい格好をすれば、田舎から出てきた町娘として、どこでも通用するはずだ。

——そして、アニエスはひそかに脱走のための手立てを考えはじめた。

気づけば十八歳を迎え、同盟国に遠征していた人々もロローム王国に戻ってきた頃。

とうとう恐れていた報せが王城からもたらされたのだ。

『王太子エグバートが無事帰還した。そのため王太子と神託の花嫁の結婚の日取りについて本格的に協議したい。近く、王太子を女神の城に向かわせる』

十日前にこの報せを受けたアニエスは——その日の夜に、温めてきた脱走計画をさっそく実行に移した。

国外に出るための道のりをいくつか記した地図を、それなりに探せば見つけられる場所に隠し、宝石をごっそり持ち出した。

宝石は目立たない鞄（かばん）に入れて、愛馬の鞍（くら）にくくりつける。遠くへ逃げるように言い聞かせると、賢い愛馬は主人がなにを望んでいるかを察して、脱兎（だっと）のごとく城から走り出てくれた。

そして城がさわがしくなる気配に便乗して、アニエスは使用人用の通路からこっそり逃げ出した。

城の者が白髪染め用に買っている染め粉をこっそり拝借しておいたので、宵闇の中で黒髪に扮（ふん）した自分のことを見つけられる者は、一人もいなかったのだ。

そうして城のすぐ近くの街に歩いて移動し、街から少し離れた泉で夜を明かしてからアニエスは街に入った。女神の城の衛兵が遠くを探しているあいだ、街で職を見つけて路銀を貯める作戦である。

腰を痛め難儀していた水車亭の女将を助け、そのまま住み込みとして雇ってもらえることになったときには、運は自分に向いている、女神様も自立を助けてくださるのだと思うくらい、幸運なことに思ったのだが。

――よもや、王太子エグバート本人に見つけられてしまうとは。

（わたしって幸運どころか、実はすごく運がないのではないかしら？）

王太子の花嫁に選ばれたことといい、相手の思いがオーラで見えてしまう能力といい……。

そのどちらも授からなければ、単に王太子エグバートのことを（大陸一の英雄様なんて素敵！）と、はしゃいで見ているだけに終わっただろうに。

＊　＊　＊

残念ながら現実は無情なもので、アニエスは問答無用でエグバートに担がれ、街で一番大きな宿屋の貴賓室へ連れ込まれてしまった。

「ちょっと待って、ちょっと待ってください！　どこまで連れて行くおつもりですか！」

「浴室だ」

「うぎゃあああ！」

手足をバタバタ振り回して暴れるアニエスに嫌気が差したのか、エグバートは衣服を纏ったままのアニエスを、なんと湯が張られた浴槽にぽいっと放り投げた。

ザパァン！　と大量の湯が浴槽からあふれるが、彼は気にした様子もなく、居間に控えていた二人の侍女に声をかける。

「行方不明だった婚約者殿だ。きれいにしてやってくれ」

「かしこまりました」

二人の侍女は行儀良く頭を下げる。

なんとか湯から顔を出したアニエスは、去ろうとするエグバートに「待ってください！」と大声で叫んだ。

「今さら自分はアニエス・リーティックではないという言い訳は聞かないぞ」

「そうではなくて！　わたし、水車亭という大衆食堂で働いていて、買い出しを頼まれていたんです！ほら、このメモ！　きちんと買っていかないと、雇ってくださったご店主や女将さんにご迷惑がかかります。誰か代わりに行ってもらえませんか？」

王太子相手に頼む内容ではないだけに、侍女たちは目を丸くして驚いていたが……。

「わたしの侍従に使いを頼もう」

意外にも、エグバートはメモを受け取ってくれた。

「同時に、あなたがもうその食堂には戻らないことも言付けさせる」

「あ、あの！　ずうずうしいついでに、もうひとつお願いしたいのですが。水車亭は今、女将さんがぎっくり腰をわずらっていて、給仕するひとがいなくて困っているのです」

こうなったらすべて言ってしまえと、浴槽の縁に手をかけながらアニエスは訴えた。

「それなので、代わりに給仕ができそうなひとを見繕っていただきたいのです。未熟なわたしを十日間も働かせてくださった、大恩あるご夫婦なんです。助けてさしあげてください」

すると、エグバートはこれにもすぐに首肯した。

「あいわかった。それも含め侍従に言いつけておく。……言いたいことはそれで全部か？　ならば、おとなしく身を清めることだ」

エグバートは短く言って、浴室の扉をパタンと閉めて出て行った。

入れ替わりに、二人の侍女がにっこり笑いながら手を伸ばしてくる。

「さ！　殿下はお忙しい方ですから、あまりお待たせするわけにはまいりません。急いできれいにして差し上げますからね！」

「えっ？　いや、そんな、一人でやりま……きゃあああ！」

抵抗する間もなく左右から服を剥かれ、かけ湯をされ、泡まみれにされ、洗われて……。

新しいドレスに着替えて浴室を出る頃には、アニエスはよれよれになってしまった。

「うう、まったく雑ではないのに、すごい速度で洗われて、なんだか毒気が抜かれた気分」

「おほほほ。おかげですっかりきれいになりましたよ。見てくださいな」

姿見が運ばれ、そこに映った自分を見てアニエスはため息をつく。

そこに映るのは野暮ったい町娘アニーではなく、まぎれもない侯爵令嬢アニエス・リーティックだ。

背は高くもなく低くもなく、顔立ちも悪くはなくよくもない。平凡を絵に描いたような風貌である。

しかし腰あたりまで緩く波打つ金髪はかなり濃い色で、遠目から見てもよく目立つ。緑色の瞳もぱっちり大きくて、やはりちょっと目立つのだ。

——だからこそ特徴を消すべく染め粉を使ってがんばったのに。バレた挙げ句にすっかりもとの姿に戻されるとは。アニエスはがっくりと肩を落とした。

そのとき扉がノックされて、別室に行っていたらしい王太子エグバートが戻ってきた。

「支度は調ったか？　——ほう」

アニエスを見つけたエグバートは、薄氷の瞳をわずかに瞠った。

「想像していたよりずっと濃い蜂蜜色の髪だ。美しいな」

大真面目な顔で評されるが、アニエスはアニエスで、おそらくはじめてまともに顔を合わせた婚約者の姿に、ぽかんと見入ってしまった。

「？　わたしの顔になにかあるのか？」

「い、いえ、そうではないのですが！」

あわてて否定したアニエスだが、思わず胸中で（あるわよ！）と叫んでいた。

（なんというか……露わになったお顔がっ、実にっ、よすぎるのよっ！）

——そんな身も蓋もないこと、さすがに本人に言うのは恥ずかしすぎるではないか！

フードの陰になっている状態でも美しかったが……外套を脱ぎ簡易的な騎士服に身を包んだ彼は、まさに王子様という風格と気品に包まれていた。

肖像画に描かれていた姿ももちろん美麗で、美麗すぎて「こんなきれいな男の人が実在するの？」と思っていたが――。

（ちゃんと実在しているのねぇ）

思わず美術品を前にした気持ちで、まじまじと見つめてしまう。

不敬だと言われてもおかしくないほどあからさまに見つめていたが、エグバートのほうもアニエスをしげしげと見ていたので、おあいこであろう。

「とりあえず、そこに座って。話をしよう」

ふと視線を離した彼が促してくる。うっかり言うとおりに座ろうとしたアニエスは、直前でハッと我に返った。

「い、い、いやです。どうかわたしのことは放っておいてください！」

「なぜ放っておかなければならないんだ？　それも、結婚の日取りを決めようというときに」

「だ、だからです！　あの、わたしは、あなたと結婚したくないのです。女神の城にもそう置き手紙をしてきましたよね……？」

「これか？」

エグバートは懐からぴらっと便箋（びんせん）を取り出す。それはアニエスが城を出る際に置いてきた、どうして逃げ出すのかを切々と訴えた手紙だった。

「『自分は平凡な娘で、英雄視されるエグバート殿下にも、この国の王太子妃にも、とてもふさわしくない者だと思います。自分のような者が世継ぎの花嫁、さらには女神の城の城主という厚遇を賜るのは身に余りすぎることゆえ、それらをすべて返上し、自分は姿をくらまします』、ということだが」

「はい、もう、書いてある通りです。わたしは殿下のような素晴らしい方とはまったく釣り合いが取れない人間ですので、むしろこのまま放逐していただきたく……！」

「あなたはわたしに、神が定めた婚約者を放逐する罰当たりな人間になれと言いたいのか？」

「いえっ、そのようなことは決して……！　決してありませんけれども！」

エグバートの氷のような薄い色の瞳がすぅっと細くなったのを見て、アニエスは内心で（ひぇぇぇ……！）と悲鳴を上げながらあとずさった。

（美形って怒ると怖さ倍増……！）

そして恐怖から逃れたい本能からか、震える手足と違って口は勝手にペラペラ動いた。

「わたしが姿をくらますことは、さほど悪いことではないと思うのです……！　殿下は新たな『花嫁選びの儀』を経て、きっとわたしなどより、もっと素敵な花嫁様を得られることでしょう。そうなれば、きらいなわたしと結婚しなくてもよくなるわけです！」

これぞ名案という感じで言いきってしまうが、なぜか、王太子エグバートは髪と同じ色の眉をピクッと震わせた。

「……『きらいなわたしと結婚しなくてもよくなる』……？」

「へ？　あ、はい……。はい？」

低い声で問いただされ、思わずうなずくも、エグバートの纏う雰囲気がどんどん悪くなっていくことに気づき、アニエスはひくっと口元を震わせる。

ついつい彼の胸元に目をやってしまったアニエスは、そこにかつて見たものと同じ……いや、それ以上に真っ黒なオーラを見つけて、つい「ひぃぃ！」と甲高い悲鳴を上げてしまった。

（もはやどす黒いという色を通り越して、暗黒！　暗黒なのだけれど！）

こんな色のオーラなどついぞ見たことがない。街で取っ組み合いの喧嘩をしている男たちだって、怒りに我を忘れていてさえ、赤黒いオーラ程度で止まっていたというのに。

もう完全なる黒、という感じのオーラを見せつけられて、アニエスは身体の芯から震え上がった。

（いやあああ！　こういうオーラを二度と見たくないと思って逃げようとしたのに！　捕まった挙げ句に、もっとひどいオーラを見せつけられるなんてぇええ！）

つくづく自分は運がない。

「なぜ、わたしがあなたを『きらっている』などとわかるのだ？　わたしはあなたに好悪を伝えたことなどなかったと思うが」

（伝えてなくても見えるんですよ、こっちには！）

立ち上るどす黒いオーラにすっかり腰を引かせながら、アニエスは訴えた。

「か……顔！　殿下の顔がもう言ってます！　わたしに対して怒ってる、失望してる、大きらいだって！　そういう表情になっていいます！」

正直に『胸元をじっと見ると感情のオーラが見える』と言えばいいのだが、それを言うと、心が読まれているように感じられて不快に思うひともいるかもしれない。

だからできる限り言わないほうがいいと思うわと、幼い頃に母に言われたことがあるのだ。

そのときはわからなかったが、成長するに従い母の言葉にうなずけることも多くなった。誰でも自分の胸の内を読み取られてしまうのはいやなものだ。それが思考ではなく感情だとしても、いやなものはいやだろう。

だからアニエスもオーラが渦巻く胸元ではなく『顔』だと答えるが、当の王太子は驚いた様子だ。

「幼い頃から、あまり感情は顔に出さないように訓練されてきたのだが。あなたはそこを読み取る力があるというわけか？　なるほど、おもしろいな」

「いや、どこがおもしろいのですか⁉」

「そうやってポンポン言い返してくるところも小気味よくていい。言っておくが、わたしはあなた自身に対してきらいだとは思っていないし、怒ってもいないぞ」

「でも雰囲気がめちゃくちゃ……あれ？」

いつの間にか彼の胸元には、興味や楽しみを示す黄色やオレンジ色のほうが大きく渦巻いていた。

「怒っているとしたら、あなたが無断で女神の城を逃げ出したこと、この後に及んでまだ逃げようとしていること、わたしとの対話を放棄しようとしている点だ。そこは許し難い」

黒いオーラがまたぐわっと大きくなった。言葉通り『許し難い』事案のようだ。

(ひぃぃっ……！　誰だってこんな暗黒オーラを纏っている相手となんか、話したくないに決まっているじゃないっ)

だが黒いオーラはまたすぐに引っ込んで、今度は思慮深い青っぽい色のオーラが前に出てきた。

「あなたが逃げ出したのが、わたしがあなたをきらっているからだと言うなら、そこは訂正させてくれ。わたしは別にあなたをきらってはいない。とはいえ、明確に好きだとも言えない。なぜなら我々は互いを知る時間が余りに少なかった」

「ま、まぁ、それはそうですよね」

なにせ初顔合わせはさんざんに終わったし、その後に彼はすぐに隣国へ行ってしまったし。

「だから、まずはあなたが不安に思っていることも含めて話し合えればと思うのだが」

実に理知的な提案をされて、アニエスはついうなずきそうになるが……。

(い、いやいやいや、ここで流されては駄目よ、アニエス・リーティック！　なんのために逃げ出したと思っているの)

なにかあるとすぐに暗黒オーラを出す相手なのだ。理知的に見えても短いあいだだけで、すぐに死神だのなんだのと呼ばれている本性を出すはず！　そして自分はそんな相手と結婚したくはないのだ。

(なにかいい言い訳はないかしら……)

あえて逆の発想をしてみるとか？

(——そうだ！　いっそのことエグバート殿下のほうから、『婚約破棄だ！』と言わざるを得ないような、正当な理由があればいいのよ！）

さしもの王太子殿下でも、婚約者を追放しないといけなくなるような理由――。

（……そうだわ！）

アニエスの頭でひらめきの明かりがポンと灯る。

思わず笑顔になりそうになるのを必死にこらえて、アニエスはあえて泣きそうな顔でうつむいて見せた。

「アニエス？　どうした？」

「あの……実はわたしが平凡な娘という意外にも、殿下の花嫁にふさわしくない理由がありまして」

「それはなんだ？」

「できれば言いたくなかったのですが」

ちら、と控えている侍女たちに目をやると、エグバートはこちらの気持ちを察してか、すぐに二人を退室させる。二人きりになったアニエスは、思い切って告げた。

「実は……わたしはもう、純潔ではないのです！」

「……は？」

「申し訳ありません、殿下。結婚前に純潔を失うなんて……本当に申し訳ありません」

とんでもないうそだけに、バレやしないかとヒヤヒヤして声が勝手に震えてしまう。

だがそれが逆に真実味を帯びて聞こえたようで、さしものエグバートも表情をこわばらせていた。

「……純潔ではない、と？」

「はい。本当に申し訳――」

「相手は誰だ？」

底冷えするほど低い声で聞かれて、ちらっと目を上げたアニエスはまた震えそうになる。

エグバートの暗黒オーラは胸元に留まらず、彼の顔を飲み込むほどにふくれ上がっていった。

「えっ、ええと……す、すみません、暗かったので覚えていなくて――」

「暗がりを襲われたというのか⁉」

「ひえっ、ま、まぁそういう感じで」

「女神の城の警備はどうなっている……！　侍女も衛兵も馘首だな。総入れ替えが必要だ」

「ひっ⁉　いえっ、そんなことはしないでください！　彼らを路頭に迷わす真似は決して――」

「当然の措置だ。首を刎ねないだけマシだと思え」

「ひぃ！」

ま、まずい、これでは世話してくれた女神の城の全員が、目の前の王太子に殺される！

「い、いえ！　ちょっとさわられたくらいなので、本当に、使用人を罰するほどのものでは――！」

「ちょっとさわられたくらいだと？」

エグバートの肩がピクリと揺れる。二転三転するアニエスの主張にさすがにおかしいと感じた様子だ。

アニエスも明らかにしくじったと思ったが……ここで押し通さないことには、結婚の道までまっしぐらだ。それは絶対に御免だという思いから、破れかぶれになりつつも必死に主張する。

「と、とにかく、そういうふしだらな経験をしてしまったわたしに、王太子殿下の妃たる資格はないと思うのです！」

「……なるほど。言いたいことはわかった」

とりあえずエグバートはうなずいた。

「だが、今のあなたの言い分を信じる限り、本当に純潔を失っているかは疑わしい。特に『ちょっとさわられた』程度ならば、なおさらだ」

「で、でも、ちょっとでも他人にさわられたのなら、もう純潔を失っているも同然なのでは？」

潔癖な男性なら『それだけでも無理』と言いそうだが――。

「男にさわられたくらいで純潔でなくなるなら、挨拶のキスすらできないだろうが。――とはいえ、どこまでふれられたかはきちんと調べなくては」

エグバートがすっくと立ち上がったのを見て、アニエスは途端にいやな予感に見舞われる。

「あ、あの、調べるというのは？」

「おそらくあなたの考えるとおりだ」

つかつかと歩み寄ってきたエグバートは、アニエスが逃げ出すより先に、彼女をひょいっと横抱きに抱え上げた。

「ひっ？」

「寝室に行くぞ」

「ひぃっ⁉」

アニエスはたちまち真っ青になった。

「ままま、待ってください、どうしてそうなるのですか⁉」

「当然の流れだろう。それとも、わたし以外の人間があなたを調べたほうがいいか？　純潔の有無を調べるとなると医師に産婆に女性神官たちも、それなりの数をそろえなければ――」

「い、いやです、そんな何人もに調べられるなんて！」

「ならば、おとなしくわたし一人に調べられろ」

エグバートは行儀悪く扉を足で蹴り開けて、どんどん奥の部屋へ進んで行く。やがて天蓋（てんがい）つきの寝台にアニエスを降ろした。そして自分は上着を脱ぎ、長靴もぽいぽいと脱いでいく。

「ひぃ、殿下、本気ですか……！」

「当然、本気だ。今からあなたを抱く」

「ひえっ⁉　じゅ、純潔かどうかの確認じゃないの⁉」

「確認するためには抱くのが一番手っ取り早い」

それはそうだろうが、節操がないというか、こちらの心情を慮（おもんぱか）ってくれてもいいのでは……⁉

「そ、その、く、暗がりで襲われた恐怖がありまして！　こういったことはちょっと……」

「安心しろ。愛すべき婚約者に無体な真似はしない。しっかり気持ちよくして、蕩けさせてから調べてやる」

(まったく安心できないのですが――！)

そうこうするうちに仰向けにされ、羽織っていたガウンを脱がされる。

(はっ、まさか。侍女たちがしっかりした昼用のドレスではなくて、部屋着みたいなドレスを着せてきたのは、こうなることを見越してだったり⁉)

そんなことはないと思いつつ、こうして脱がされていくと、そう考えざるを得ない……！

「ま、待って待って！　こ、こういうことは好きなひととやるべきですよ！　殿下はわたしのことをきらっているはずで……って、え？」

いつの間にか、顔をも覆うほどだった暗黒のオーラはエグバートの胸元から消えていた。代わりに見えるのは……。

(な、なにかしら、この色……。ピンク色なのだけど、赤にも近いし、金色にも見えるし……？)

これまで見たことのなかった色味が見えて、アニエスはすっかり困惑する。

だがアニエスが動きを止めたのを、抵抗をやめたためと受け取ったらしい。エグバートは呆然とするアニエスの鼻先にチュッと口づけてきた。

「いっ……⁉」

「あいにくわたしはあなたをきらっていない。きらっているなら、あなたがどんなにいやがろうとも医師を呼びつけて調べさせる」

「う……」

「それをしないということは、少なからず、他人にあなたをふれさせたくないと思っているからだ」

ふっと優しくほほ笑まれて、アニエスの胸がどきっと高鳴る。

（……いやいやいやいや！　高鳴らせている場合ではないでしょう！　ど、どきどきするのは……そう！　か、顔がいいからよ！　殿下の顔がきれいだから！）

アニエスは自分の頬がどんどん熱くなる理由をそう決めつけた。

そしてエグバートはそのきれいな顔を、アニエスにどんどん近づけていく。

「で、殿下、近いのですが……！」

「近づかないとキスできないだろう？」

「キッ……!?　んむっ」

言うが早いが口づけられて、アニエスは（どうしてこうなった……!?）と大混乱におちいる。

どうしてもなにも、純潔を失ったなどと大うそをついた自分のせいなのだが……。

（だ、だからと言って、こんなことになるとは思わないではないの――！）

てっきり激怒されて、憤怒のまま『婚約破棄だー！』と叫ばれる流れになると思っていたのに！

あまりに予想外な展開に目の前がぐるぐる回るのを感じながらも、アニエスは腰をぐっと引き寄せられるまま、より深い口づけをお見舞いされてしまうのであった。

第二章　とらわれの花嫁

「や、あぁっ、はぁん……！」

胸の頂(いただき)をきゅっと軽くつままれて、アニエスは甘く高い声を出す。

少しでも逃げようものなら、背後から覆いかぶさる王太子殿下がアニエスの剥き出し(むきだし)の乳房を揉(も)み、乳首を指先でこすり上げてくるので、そのたびに力が抜けてばかりである。

「ひっ、んん……っ」

おまけに首筋にくちびるを寄せ、舐(な)め上げたりキスしてきたり……背後から耳をぱくりと咥(くわ)えられると、くすぐったさと紙一重のぞくぞくする感覚が湧き上がって、とてもじっとしていられない。

「はぁ、はぁ、……あっ、あぁあん……！」

肩で息をする端から肩や肩甲骨(けんこうこつ)に口づけられる。そのたびにわずかに感じる彼の吐息の熱さに、アニエスはたまらずくらくらしてきた。

「いつまでうつ伏せでいるつもりだ？」

「んぅ……っ、し、寝台から逃げるまでです……、きゃあんっ……！」

首筋をぺろっと舐められ、アニエスはびくっと首をすくめた。

「逃がすと思うか？　まだ純潔の確認は終わっていないのに」

「だ、から……っ、確認だけなら、どうしてこんなに……あんっ……さわるのですかぁ……！」

息も絶え絶えになりながらなんとか絞り出すと、エグバートは意外と真面目な顔つきで答えた。

「しっかり身体をほぐして濡らさないと、ただただ痛くて苦しいだけに終わるからだ。わたしは婚約者に苦痛を与える趣味はない」

（胸を揉まれながら言われましても……！）

エグバートは先ほどから大きな手で、二つの乳房をやわやわと揉んだり、軽く揺すったりして、その質感を味わっている。

時折思い出したように乳首をこすられ引っぱられると、下腹の奥が妙にうずいて切ない感覚が募っていくのだ。

「ほ、本当に、もうやめ……あんっ」

あくまで純潔かどうかを確認するため――の前準備らしいが、いささか入念すぎないだろうか？

乳首を指先で軽く弾かれ、アニエスはびくんっと肩を揺らした。

「はぁ、あぁん……、やめて……っ」

「そうだな、うしろから責めるのはそろそろやめよう」

「あっ……」

エグバートの手が胸から肩に移ったと思ったら、ぐっと力を込めて身体を動かされる。

気づけばアニエスは仰向けにされて、エグバートと正面から向き合う体勢になる。

「ひわぁあ……っ」

美麗な顔がいきなり目の前に現れて、アニエスはつい変な声を出した。

「わたしの顔を見るたびに驚いたり妙な声を出したり、忙しいな」

（だって顔がいいんだもの！）

身も蓋もないことを考えつつ、アニエスは「すいません……」ととりあえず謝っておく。

だがエグバートが勢いよくジレやシャツを脱ぎだしたので、我慢できずに悲鳴を上げてしまった。

「な、なにを脱いでいらっしゃるのですか！」

「あなただけ脱いでいるのに、わたしが着ていては不公平かと思ってな」

「どういう平等論ですか⁉」

思わず素っ頓狂な声を上げるが、それを聞いたエグバートはなぜか楽しげに噴き出した。

それは街で見たときの笑顔とそっくりで、アニエスの心臓はたちまちどきっと跳ね上がる。

基本的に真面目な顔……というより仏頂面が多いエグバートだけに、笑うと少年のような顔つきになるのには、どうしたってときめかずにはいられない。

（だからこそ、不意打ちでほほ笑んでくるのはやめてほしいわ……っ）

彼の下から逃げ出したいという気持ちが、うっかり揺らぎそうになるではないか！

「本当に、こんなふうにポンポン言い返してくるのはあなたくらいなものだ」

「れ、礼儀知らずで申し訳ないです……！　そんな女はさっさと放り出していただいていいの、で……あぁあんっ」

「つれないことを言うな」

脇腹をゆったりなでられて、アニエスはつい背をのけぞらせて喘いでしまった。

「は、はぁ、も……、んん……っ」

そして今度はくちびるにキスをされる。息継ぎのために開いたくちびるから、厚い舌がすぐさま入り込んできた。

「んぅー……！　ん、ふぁ……っ」

エグバートは引っ込んでいたアニエスの舌を探り当てると、なんとその舌先をちゅうっときつく吸い上げてくる。

「んあぁ……っ！」

頭の奥まで沸き立つようなぞくぞくした快感が這い上がって、アニエスは腰を浮かせて身悶えた。

細腰に手を回されぐっと引き寄せられた状態で、さらに深くキスをされる。

お互いの肌がぴたりと密着した状態だと、ただでさえ熱い肌がよけいに汗ばむ思いだ。

「は、ふ……ンン……っ」

「あなたも舌を伸ばして」

「んぅ……！」

キスの合間に少しかすれた低い声で言われ、それにも背筋にぞくぞくっと震えが走る。

未知のことだけに怖さはあるのに……同時に、言われたとおりにしたらどうなるのだろうという好奇心もあって、アニエスはつい舌を伸ばしていく。

彼女の気が変わらぬうちにと思ったのか、エグバートはすぐさまアニエスの舌をからめ取った。

互いの粘膜を擦り合わせ、くるくると遊ばせるようにふれられると、喉の奥にじりじりと焦がれるような感覚が生じてくる。

「は、はぁ……あぁあん……！」

キスされながら脇腹のラインをゆったりなでられ、くすぐったい感覚と切ない衝動に、アニエスの腰はたまらず揺れ動いた。

「可愛(かわい)いな……」

エグバートが不意にささやく。

思ったことをただ漏らしたという口調だったが、アニエスはぼんっと真っ赤になった。

「ど、どど、どこが可愛いのですか……っ」

「そうやって、すぐ赤くなるところとか」

「ひぇ……っ」

「こちらも感じるのか……？」

「ひあっ！　だ、だめだめだめ……っ、ひあぁん！」

尖らせた舌先で耳孔をくるっと舐め上げられて、アニエスは自分でも驚くほど大きな声を漏らした。

「あ、あ……」

「なるほど、耳も感じやすいようだ」

アニエスの反応がよほどおもしろいのか、エグバートが楽しげにほほ笑みながらうなずいて見せる。

いたたまれないばかりのアニエスは思わず涙目になった。

「納得の面持ちでうなずかないでください！　や、本当にだめっ……やぁああん……！」

ずり上がって逃げようとするアニエスの腰をがしっと掴み、あっさり引き戻してから、エグバートは彼女の耳孔にねっとりと舌を這わせはじめる。

「ひぃいん……！」

ぴちゃぴちゃ……と、わざと音を立てながら耳孔に舌を入れられ、耳朶を食まれ……アニエスは頭の奥に直に響く感覚に、全身をびくびく震わせて反応してしまった。

エグバートは耳だけでは足りないとばかりに、両手でゆったりと乳房を揉んでくる。

指の股に乳首を挟みながら、ふくらみの柔らかさを確かめるようにやわやわと揉まれると、肌の内側に切ない感覚がジンと沁みて、アニエスは大きな瞳を潤ませた。

「は、あぁん……っ、一度に、だめぇ……っ」

アニエスが首をふるふる振ると、エグバートは素直に舌を引いた。

だが舐めるのをやめたわけではなく、責める場所を変えただけだ。乳房のふくらみをぐっと中央に寄せ、二つの乳首を近づけたエグバートは……なんと、舌を伸ばして乳首を交互に舐め転がしてくるではないか！

「やぁああ……！　あ、やぁ、舐めちゃ……あぁあんっ！」

舐めるどころか、両方の乳首を口に含まれジュッと吸われて、アニエスはびくんっと腰を跳ね上げた。

「はぁ、あぁ……っ、いやあぁ……吸わないでぇ……！」

乳首を吸い上げられるたびに、なぜか下腹の奥が熱く切なくなってきて、足のあいだの恥ずかしいところが熱を持ってうずいてくるのだ。

身体の奥を掻きむしりたいような衝動が湧いてきて、アニエスは大きく身をよじって逃れようとする。

だがそんな抵抗など無駄だとばかりに、エグバートはねっとりと乳首を舐め転がしてきた。

「ひぃぃん……！」

「……はぁ、あなたの肌は甘いな……。やみつきになりそうだ」

「んや、や、どこに……ひあぁあ！」

今度は臍に刺激を感じて、アニエスは文字通り身体を跳ね上げた。

「んあ、あぁ、おへそ……やぁあん……！」

エグバートはアニエスの腹部に顔を寄せて、なんと小さな臍穴を舌で刺激しはじめたのだ。

「ひぁっ、あんっ……、あぁあう……！」

小さな孔を舌先でくりくりといじられ、円を描くようにぐるりとなぞられ、アニエスはびくんびくんっと腰を跳ね上げる。まさか臍がこんなに感じるところだなんて。

「——そろそろ、こっちにもさわらせてくれ」

「え？　あ、やぁ……っ！」

ようやく臍から顔を上げたエグバートは、今度はアニエスの膝に手をかけ、ぐっと左右に割り開いてくる。

浅い呼吸をくり返していたアニエスは、秘所がすっかりさらされた状態に気づき真っ赤になった。

「あ、そ、そんなところ見ないでぇ……！」

「そもそも純潔の有無はここで調べるものだしな」

「そ、それはそうですけども……きゃん！」

指先で陰唇のあたりをつぅっとなでられて、アニエスはぴくんと震えた。

「……ちゃんと濡れているな」

「大真面目に確認しないでくださいぃぃ……！」

「暗がりで男に襲われ怖い思いをしたのだろう？　だとしたら、恐怖で身体が逆にこわばる場合もある。感じてくれてよかったよ」

（ひぃいい……！　い、いたたまれない！）

適当なうそをついたおかげで、すっかり自分で自分の首を絞める結果になっている。

エグバートがアニエスの話を本気にしているかは謎だ。しかし、こう言われると気遣ってくれているのだとしか思えなくて、いやらしいことを言わないでくださいと訴えるのも違う気がしてくる！

「すまないが、指も入れさせてもらうぞ」

「んぅっ……！」

「やはり痛むか？　ならば――」

「な、なにをするつもりで……ひゃあっ！」

いきなり秘所にぬるっとした感覚を覚えて、アニエスの腰がびくんっと跳ね上がる。

見れば、エグバートが伸ばした舌先で、アニエスの陰唇をなぞっているところだった。

「やっ、あ、あん……！　んん、やめ……っ」

ヒクつく蜜口を上から下へ、下から上へとねっとり舐められる。

乳首や臍をいじられたときと同じ切なさが湧き上がって、腰奥が熱くうずくのを感じた。

「そんな……とこ、駄目です、舐めちゃ……！」

「だが、できればもっと蜜をあふれさせたいのだ」

（蜜……？）

アニエスが首をかしげると、エグバートはわずかに顔を上げ、蜜口の浅いところを指でそっとなでた。

「ひぅ……」

「――ほら、これが蜜だ」

おそるおそる目を向けたアニエスは、エグバートの指先がとろりとした液で濡れているのを見て、息を呑んだ。

「な、そ、粗相を……⁉」

「粗相ではなく、性的に感じたときに出る潤滑油のようなものだ。これがあふれることで女性の秘所は濡れて、男を受け入れやすくなる――」

「ひあっ！」

蜜口の浅いところを指先でくすぐるように刺激されて、アニエスは息を呑んだ。

「あ、も、もう、純潔の確認はいいのではないですか……⁉　で、殿下の理論で言えば、こんなに濡れるからには、その……は、はじめてじゃないですよ、絶対！」

ここから先の展開を避けたい思いから、アニエスは支離滅裂なことを主張する。

だがエグバートは大真面目な顔を崩さず「駄目だ」と言いきった。

「こういうことは曖昧にしないほうがいい」

（それはそうかもしれませんけど！）

「ちょ、待って、本当に……あぁああん！」

アニエスの懇願もむなしく、エグバートは再び彼女の秘所を舐め回してくる。

舌先で蜜口をこじ開けるように刺激されて、アニエスの腰は敷布から浮きっぱなしになった。

「はっ、あぁ、も……、んやぁああ……！」

エグバートの舌が秘裂の上部に達した瞬間、甘苦しいほどの熱さがぶわっと広がって、アニエスは目を見開く。

「や、ぁあ！　なに……、きゃぁああん……っ」

アニエスが腰を跳ね上げると、エグバートは上目遣いにアニエスを見つめながら、その一点ばかりをぬるぬると舐め回しはじめた。

「ひ、あ、あぁ、ああっ……！」

舌先で舐められるたびに腰がびくんと跳ねるほどの熱さを感じる。乳首や臍を舐められたとき以上のうずきに、アニエスは涙目になった。

「ここは、女性が一番感じる芽の部分だ」

「芽……？」

「普段は薄い皮に包まれているが、感じてくると、こうしてふくらんできて……顔を出すのだ」

エグバートが指先で起用に皮を剥いて、赤く充血したそこを露わにしてくる。

自分の身体にそんな器官があるなど知らなかった。外気にふれるだけでヒクつく中、エグバートが今度はそちらに顔を寄せてくる。

「あ、だ、だめっ……！　んあ、あ、あぁ……！」

小さな芽を舐め回されると、意思に反して甘い声が漏れていく。

「あ、あぁあ……っ」

腰の奥に蕩けそうな熱さが宿って、それがどんどん募っていくようだ。

エグバートは芽を舐めながら、蜜を纏わせた指を一本、アニエスの蜜口にぬぷりと差し入れてきた。

「や、ぁぁ……！」

異物が自分の中でうごめく感覚に、アニエスはひゅっと息を呑み首をすくめる。

「やはり痛むか……？」

「い、痛くは……。……んあ、あぁぅ、あんっ……！　舐めちゃだめぇぇ……！」

より執拗に舌のざらついた部分で芽を舐められて、アニエスはびくびくっと身体を引き攣らせた。

「そう暴れてくれるな」

「だって……無理ぃぃ……！」

アニエスだって打ち上げたばかりの魚のようにビチビチ跳ね回りたくはない。だがエグバートに舐められるたびに、じっとしていられない衝動が湧いてきて、つい腰をくねらせてしまうのだ。

「は、あぁ、あぁあん……！」

快感が募るほどに身体中が熱くなって、全身がしっとりと汗ばんでくる。開きっぱなしのくちびるから漏れる声も甘く艶めいて聞こえて、自分でもぎょっとするほどだ。

（は、恥ずかしい……はしたない……。でも……）

まぎれもなく、気持ちいい——。

自分が先ほどから感じている甘いうずきが、性的な興奮から生じる快感だと、さすがのアニエスも気づかざるを得なかった。

「あぁ、ひっ……あぁあん……！」

蜜壺を埋める指が二本に増やされ、バラバラに動かされる。眉間がむずむずして、頭の奥まで熱く湯気がかかるようだ。

喘ぐせいか喉の奥がひくひくして、唾液が絶えずあふれてくる。

「あ、あぁあん……殿下ぁ……っ」

思わず甘えるような声でエグバートを呼んでしまうが……。

「……そんなふうに呼ばれると、わたしも我慢が利かなくなるな」

はぁ、と息をついたエグバートは、自身のベルトに手を伸ばす。

下を脱ぐつもりだと察して、アニエスはあわてて首を横に振った。

「ぬ、脱がなくていいですから！　あっ……」

止める間もなく、エグバートは手早くベルトを外し脚衣の前を開いてしまう。

下穿き(したば)を下ろした途端に、女性ではあり得ない器官が待ちくたびれたように顔を出してきて、アニエスはついごくりと唾を呑(の)み込(こ)んだ。

「うっ……」

男性の股に、そこそこ大きなものがぶら下がっているのは聞いたことがあったけれど。

（こんなに長くて太くて、反り返っているなんて聞いていない――！）

アニエスは恥ずかしさと衝撃で（ひぃぃ！）と大きく頬を引き攣らせた。

「もの珍しいようだな？」

アニエスの反応をうかがいながら、エグバートが尋ねてくる。

「そ、それは」

エグバートは小さく苦笑して、不意にアニエスを抱き寄せるとくちびるを重ねてきた。

「んっ……」

不意打ちのキスは意外にも包み込むような優しさにあふれていて、アニエスはとまどってしまう。

髪を掻きあげ地肌にふれてくる手にも、ぐっと腰を引き寄せてくる腕にも、どきどきと胸が高鳴って、アニエスはそんな自分の反応に大いに困惑した。

「んんっ……」

だが緩やかに舌を絡まされ、互いの粘膜を擦り合わせるように動いていくと、落ち着きかけていた身体の熱があっという間に再燃して、喉の奥から勝手に喘ぐ声が出てくる。

アニエスは思わずすがるように彼の背に腕を回した。それを感じたエグバートが、より強くアニエスの身体を自分の胸に引き寄せる。

彼の厚い胸板に乳房が潰されると、軽く身じろぎしただけで乳首が擦れて、もどかしくも甘い快感を生み出した。

「ふぁ……ん、ん……っ」

ぐっと腰を押しつけられ、秘所に棒状のなにかが押しつけられる。エグバートのものだとすぐに気づいて、アニエスはかっかっと赤くなった。

「あ、の……当たって……？」

「どうせなら全部、密着したい」

エグバートは否定せず、代わりにアニエスの足を開かせ、彼女の足のあいだに自身の身体を入れてくる。

内腿に彼の身体と熱さを感じて、アニエスはどぎまぎした。

「あっ……」

その状態で腰を揺らされると、反り返った竿部が秘裂に沿うように擦りつけられる。

ヒクつく蜜口のみならず、その上部の芽の部分が擦れるのが気持ちよくて、アニエスはつい「あんっ」と声を漏らしてしまった。

「これもいいな……」

エグバートも心地よさを感じたのか、緩やかに腰を遣って、竿部を秘所に擦りつけていく。

互いの恥ずかしい場所を擦りつけ合うなんて、しらふのときであれば正気かと疑うような行為なのに……。

（気持ちいい……）

秘所が擦られるのも、乳首がこすれるのも……彼と舌をからめるのも、身体の奥がどんどん熱く気持ちよくなっていって、徐々に力が抜けてくる。

「ん、ふ……、んぁ……」

歯列の裏を舌でゆっくり舐められただけで、ぞくぞくするほどの快感が沸き上がって、新たな蜜がとろりとこぼれるのがわかった。

「――はぁ、やみつきになりそうだ」

顔を上げたエグバートは大きく息をついて、前を開いただけだった脚衣を脱ぎにかかる。

気づけば二人とも生まれたままの姿だ。服の上からではわからなかった彼のたくましい裸身を目にして、アニエスは耳まで赤くなるのを感じた。

「もう一度、中をほぐさせてくれ」

「あっ……」

身体を離したエグバートが、アニエスの蜜壺を確認するように、再び指を差し入れてくる。

慣れない異物感にきゅっと目を閉じるアニエスだが、彼の舌が再び芽を舐めはじめたのを感じ、思わず「ひあっ」と腰を跳ね上げていた。

「は、あぁあん……！」

蜜壺のざらついたところをこすられながら、ふくらんだ芽をくちびるで優しく吸い上げられる。

その途端に腰が浮くような、ぶわっとした熱さがふくらんで、アニエスはびくびくっと足先を引き攣らせた。

「あ、や、だめ……、あぁああん……っ」

「痛むか？」

「ちがっ……、きゃぁ、ああ……っ、ひぅ、ン……！」

痛みはない。ないから、よけいに困るのだ。芽のあたりを外からも中からも刺激されて、腰の奥がどんどん熱く蕩けそうになってくる。

「あ、ひっ！　……ンン……！」

身体の内側からなにかがあふれそうで、アニエスは両手で口を覆ってぎゅっと目をつむる。

それに気づいたエグバートは、彼女の手をさりげなく脇によけた。

「我慢するな。声を上げたければいくらでも上げるといい」

「でも……、ひゃあ、あぁあ……！」

芽をきつめにじゅっと吸い上げられ、アニエスは腰を跳ね上げた。

「は、あぁ……っ、か、感じすぎて……、ひぃん！」

芽を舐められるたび、頭の奥まで突き抜けるような快感が生じて、アニエスはくらくらしてきた。

「もっと感じるといい。そのほうが、わたしも……っ」

「……んあっ、あ、あぁあ……！　や、あぁあ……ッ！」

エグバートの舌の動きがより執拗になってくる。舌の表面で芽を舐め上げたかと思えば、尖らせた舌先で突いてきたり、くちびるで挟むようにして刺激してきたり……。

蜜壺の中の指もゆったりとした速度で出し入れされる。芽に与えられる刺激に反してゆっくり動かされているが、なぜかそれにひどく感じてしまった。

「は、はあ、あぁ……、あぁん、あぁ……っ」

口からひっきりなしに甘い声が漏れて、自分で聞いていても恥ずかしい。

少しずつ募っていった快感はほどなく大きなうねりとなって、アニエスの内側から一気にあふれていった。

「んあぁあああ……ッ!!」

甘ぐるしい声を上げながら、アニエスはとうとう身体を弓なりに反らしてビクビクッと震える。

身体の奥から頭の芯まで焼きつくような気持ちよさが突き抜けて行って、一瞬ふっと意識が遠のいた気がした。

「……あ、はぁっ、……はぁ、はぁ……っ」

一拍遅れて身体中からどっと汗が噴き出す。指先まで心地よい倦怠感(けんたいかん)に包まれて、アニエスはしばらく寝台の天蓋裏をぼうっと見つめてしまった。

エグバートはようよう顔を上げて、ひたいにかかる髪を再び掻きあげる。こちらを見下ろす瞳がやけに真剣であるのに気づいて、アニエスはどきっと胸を高鳴らせた。

「あ、んっ」

蜜壺に埋められていた指が引き抜かれる。同時にとろりとした蜜が臀部(でんぶ)を伝うほどに流れるのを感じて、アニエスは真っ赤になった。

「アニエス……」

エグバートがかすれた声で名前を呼んで、アニエスの膝裏に手をかける。足をそれまでよりさらに大きく開かれて、アニエスは「あ……」と声を漏らした。

「ここまで濡れていれば、痛みはないと思うが……どうしても無理なら言ってくれ」

その言葉と彼のまなざしから、身体を繋げるつもりだとわかって、アニエスはくちびるを震わせる。

ここで身体を繋げたら、いろいろと引き返せなくなる気がする。

そう危機感が芽生える一方で――。

「あなたの記憶を上書きさせてほしい」

目元に口づけながらエグバートが真剣な声音で頼んでくるのには、胸がどくんと高鳴ってどうしようもなくなる。

「暗がりで襲われたなど、どう考えてもいい記憶ではない。わたし相手でも不本意かもしれないが……少なくとも、必要以上の苦痛は与えないから」

ぎゅっと抱きしめながら言われて、アニエスはひどくとまどう。

婚約者が誰とも知らぬ者に襲われたなんて――たとえ婚約者を愛していなかったとしても、彼のような真面目なひとにとっては、責任を感じてしかるべきことなのかもしれない。

おまけに彼は怖い体験をしたであろうアニエスのために、こんな申し出をしているのだ。

（なんだか、とっても親切にされているような……？）

戦場から漏れ聞こえてきた死神だのなんだのという、あのうわさはなんだったのだろう？

ここにいる彼は、ただ純粋に婚約者を気遣う好青年で――。

「あ、ん……」

身じろぎした瞬間にまた彼の男根が太腿に当たって、アニエスの身体がどくんと熱を帯びる。

正直、アニエスのほうもすっかり快楽まみれで、ここでやめるというのも……それはそれで……という具合に蕩けていた。

「アニエス、答えは？」

おまけに顔中にキスの雨を降らされて、アニエスはたまらずにうなずいてしまう。

「わ、わかりましたから……キスやめて……くすぐったいです」

「そうか」

エグバートはようやく顔を上げて、アニエスの秘所に手を伸ばす。

「あ、んっ……」

「力を抜いていろ」

入り口を探るようにまた指を秘所に沈めたエグバートは、中がすっかり熟れてほぐれていることを確認してから、自身の竿部に手を添える。

緊張からアニエスがごくりと唾を呑むと、エグバートは彼女を抱き寄せくちびるを重ねてきた。

「んんっ……」

舌を絡ませられると、また気持ちいい感覚が戻ってきて、恐怖が少しやわらぐ。

そうこうするうち、熱くたぎった男根の先端が蜜口にぐっと入り込んできて――。

「ん、ぐっ……んあぁぁああ……！」

ヒクつく蜜口が広げられ……痛い、と思ったときには、彼の竿部は奥のほうまですっかり収まっていた。たっぷり濡れていたのと、絶頂でよけいな力が抜けていたのがよかったのだろう。

それにしても一気に奥まで入り込まれて、アニエスは衝撃のあまり息を呑んだまま固まった。

「……大丈夫か？」

アニエスがあまりに無反応だったせいか、彼女を抱き寄せながら、エグバートが耳元にささやいてきた。

「ひぃっ、あ、いたい……」

彼の吐息に思わず感じて身をよじった瞬間、いっぱいに広がった蜜口がピリッと痛んで、思わず声が出る。

エグバートは小さく息を呑んだ。

「痛む……ということは、やはり純潔は失っていなかったということか？」

あいにくアニエスは、太いものを受け入れた痛みと圧迫感をこらえるのに精一杯で、上手(うま)く答えられない。

エグバートもそれはわかっているのだろう。アニエスの髪を優しくなでて、額やこめかみにくちびるを寄せてきた。

「馴染むまでこのままでいよう」

軽くふれるような口づけをくり返されるうち、痛みと緊張にこわばった身体が少しずつ緩んできた。

エグバートもがアニエスの頬をなでながら、再びくちびるを重ねてくる。

「んぅ……」

痛みから逃れたい気持ちもあって、アニエスは素直にエグバートと舌を絡ませた。

互いの粘液を擦り合わせるあいだも、エグバートは大きな手でアニエスの胸を揉み、手のひらで乳首を転がすように刺激してくる。

「ん、んン……ふぁ……っ」

そうして感じるところをゆったり刺激されていくと、忘れかけていた快感が徐々に戻ってきて、腰をよじりたくなってきた。

「動くぞ」

エグバートはアニエスの腰を抱き直しながら、ゆっくり腰を引き、再び奥まで押し込めてきた。

「あんっ」

痛みと、それとは別に腰の奥がカッとなるような快感を覚えて、アニエスはとまどいの目を向ける。

エグバートは大丈夫だと言いたげにアニエスの目元に口づけて、ゆっくり腰を前後させていった。

「……あ、あ……あぁ……っ」

あふれていた蜜が絡んでいるのか、肉棒が出入りするたびにぬちゅぬちゅという音が聞こえて、アニエスは真っ赤になる。

限界まで広がった蜜口は痛むのに、突き上げられる奥のほうからは蕩けるような熱さが広がり、徐々に気持ちよくなっていった。

「は、あ……っ、んんっ……！」

その上でキスされ舌をからめ取られると、頭の奥まで熱くなって、雲の上に浮いているような心地になってくる。

抽送もどんどんなめらかになって、そのうち水音のほかに、互いの肉がぶつかるパンパンという音も響いてくるようになった。

「は、あぁ、あぁあ……っ！」

エグバートが腰をぐっと引き寄せてきて、互いの肌がぴたりとくっつく。抽送のたびに身体が揺れ、彼の胸板に潰された乳首が擦れるのも気持ちいい。

なにより、彼の身体が火を入れたように熱く汗ばんでいるのにどきどきしてしまって、アニエスはただただ揺さぶられるがままになっていく――。

「あん、あぁ、はぁ、はぁ……！」

（あ、また……気持ちいいのが、きちゃう……っ）

せっぱ詰まったような、早く解放されたいような衝動が身体の奥からせり上がって、アニエスはビクビクッと全身を震わせてしまった。

「あ、あぁ、もう、もう……っ、殿下、ぁ……っ」

「……ぅ……」

エグバートも苦しげな声を漏らして、アニエスの身体を両腕でぎゅっと抱きしめてくる。

「は、はぁ、あひ、ぁぁあああ……ッ！」

「アニエス……っ」

湧き上がる快感が再び頂点に達すると同時に、エグバートも低い声でつぶやき、より激しく腰を打ちつけてくる。

「ひあぁあっ、あぁぁああ――ッ……!!」

アニエスは耐えきれず甘い声を上げて、全身を大きく突っ張って達してしまった。

エグバートも獣のような息を吐きながら、ぐっと腰を強く押しつけてくる。

「ひぃぃいん……っ」

蜜壺の中に埋められた肉棒のかさがぐっとふくらむような気配を感じた。同時に腹部の奥がじんわりと温かくなって、アニエスはがくがくと足先まで震わせる。

エグバートもしばらく息を詰めて、腰を揺すっていたが……やがてふぅっと息を吐き出し、アニエスに体重を預けてきた。

心地よい重みが身体にかかり、アニエスはほとんど無意識に、彼のその背に腕を回す。

いたわるようにそっと背をなでると、エグバートはピクリと肩を揺らして顔を上げた。

「あ……わたし……」

彼の動きでハッと我に返り、アニエスはあわてて腕を放す。

しかしエグバートは再び彼女の腰を抱き寄せ、荒っぽい仕草でくちびるを奪ってきた。

「んんっ……！」

せっぱ詰まった動きで舌をからめ取られて、アニエスは目を白黒させる。

そのうち、蜜壺に埋まったままの彼のものが再び力を取り戻す気配がしてきて、アニエスは思わず
「ひっ」と声を漏らした。

「あ、あの、なんだか……また大きくなっていませんか？」

「……今のその言葉で、完全に復活したな」

「ひぃっ？」

（どうしてそうなる……⁉）

おまけに逃げられないよう腰をがっちり掴まれる。再び肉棒がゆっくり出入りする気配を感じて、
アニエスは危機感に見舞われた。

「あ、あの、その、お、終わったのではないのですか……？」

お腹の奥に感じたあのじんわりした温かさは、おそらくエグバートが精を吐き出したからだろう。

そしてアニエスの知識では、男性が精を放つことで性交は終わるはずなのだが……。

「すまないが、どうやら一度では満たされなかったらしい」

「ひぇ……？」

「もう少しだけ付き合ってくれ」

緩やかに抽送を再開されて、アニエスはひくっと口元を震わせた。

「も、もう無理です、わたし、もう……あぁあああん……！」

だがエグバートは止まらずに、アニエスの奥を再び刺激しはじめる。

そうされるとアニエスも快楽のるつぼにまたまた嵌まっていって……。

気づけば体力の限界まで挑まれてしまって、何度目かの精を受け止めたあと、アニエスはばったりと気を失ったのであった。

第三章　王太子殿下の提案

——それからどれくらいの時間が経ったのだろう。

ハッと目を覚ましたアニエスは、あわてて飛び起きるなり大きく目を瞠って固まってしまう。

「——ど、どこなのよ、ここは……⁉」

思わず叫ぶと喉がひりつくように痛んで、げほげほっと咳が漏れた。

「う、ついでにお腹も痛い……風邪でも引いたのかしら？」

自身のひたいに手をやりながらも、アニエスはきょろきょろと周囲を見回す。

そこは女神の城の自室でもなければ、水車亭の狭い小部屋でもない。立派な調度品に囲まれた広々とした寝室だった。

「いったいなにが起きてこんな場所に……？　あ」

記憶をたどったアニエスは、買い物に出た先で婚約者である王太子エグバートに見つかり、宿に連れ込まれたことを思い出した。

ということは、ここは宿の寝室？　だが家具の配置や、天蓋に描かれている絵が、記憶にあるものと違うような……？

首をかしげていると、右手奥にある扉からノックの音が聞こえてきた。

「アニエスお嬢様、お目覚めですか？　洗面のご用意をお持ちしてよろしいでしょうか？」

この声には聞き覚えがある。エグバートに湯船に放り込まれたあと、身体を洗ってくれた侍女の声だ。

「え、ええ。大丈夫よ」

「では、失礼します」

扉が開き、洗面の支度を載せたワゴンを押して、二人の侍女が入ってきた。

「おはようございます、お嬢様。お加減はいかがでしょうか」

「ええと、喉が痛いわ」

首元をさすりながらしかめっ面で答えるも、侍女たちはコロコロと笑うばかりだ。

「熱烈な時間をお過ごしになったのですね。お顔を洗うあいだに蜂蜜入りのお茶を用意しますので」

「ありがとう……」

礼を言いながらもアニエスの胸中は複雑だ。

当然のことかもしれないが、この二人はアニエスとエグバートが寝室でなにをしていたのか、すっかり把握しているのだろう。恥ずかしいというか、気まずいというか。

「あの、王太子殿下は今は？　というか、ここはどこ？　ついでに今は何時？」

窓の外からは日の光が燦々（さんさん）と降り注いでいる。おそらく昼前だと思うのだが……。

「王太子殿下は朝食を終えて、城下の視察に出ております。ここは王太子殿下が所有する『英雄の城』

の、城主夫妻の寝室ですわ。お嬢様がお眠りになったあと、宿からこちらに一晩かけて移動いたしました。今はお嬢様が殿下と過ごされてから、丸一日経っております」

ぬるま湯で顔を洗っていたアニエスは、思わずむせ込みそうになった。

「ま、丸一日⁉　うそでしょう？　だって……」

エグバートに強制的に宿に連れ込まれたのは、まだ午前の市が立ってすぐの時間だったはずだ。

そこからゆうに一時間は、あれこれしていた記憶はあるが……。

(まさか疲れきって気を失ってから、丸一日も眠っていたなんて⁉)

にわかに信じられないが、二人の侍女は困ったようなあきれたような笑みを浮かべていた。

「お嬢様に再び逃げられたくない一心で、殿下が盛（さか）ったということもあるでしょうが」

「慣れない庶民の生活に、気づかないうちに疲労が溜まっていたのではないでしょうか？　あのあとまた入浴やお着替え、馬車に運ばせていただいたり……としましたが、お嬢様ったら、ちっともお目覚めになる気配がありませんでしたもの」

「文字通りぐっすり眠っておられて。さしもの王太子殿下も心配そうにしていらっしゃいましたよ？」

(……いや、でも、疲労の原因の半分以上は、殿下にあると思うのだけれど)

気を失うまでのあれやこれやを思い出しかっかっと赤くなって、アニエスは恨みがましく、くちびるを尖らせた。

とにかく顔を洗い目覚めの紅茶を飲み、喉が多少潤（うるお）ったところで、用意されたドレスに着替える。

久々にきついコルセットを身につけ、スカート部分を幾重にも巻き付けた布でふくらませたドレスに袖を通す。すると長年の習慣のためか、背筋が自然にシャンと伸びた。

「こういう格好をされると、まぎれもなく神に選ばれた花嫁様である風格が漂いますね。さすがですわ、アニエスお嬢様」

二人の侍女はうんうんと満面の笑みでうなずいていた。

「いや、長年の習慣でそうなっているだけで……。言うほど大層なものではないのよ」

「そんなことはございませんわ。殿下もきっとお気に召すはず――」

そのとき扉が外からノックされた。

「はい、どなたです?」

「わたしだ。今、視察から戻った」

扉の向こうから聞こえてきた声に、アニエスは文字通り跳び上がって驚いた。

「ひぃっ、王太子殿下」

「あ、お嬢様っ、この後に及んで逃げるのはナシですからね!」

「ぎゃあ!」

侍女の一人がアニエスの腰にがしっと腕を回してきた。意外と強い力にアニエスは驚きのあまり足をばたつかせてしまう。

そんな騒がしさを聞きつけてか、エグバートは案内を待たずに入ってきた。

「いったいどういう状況だ？」

胡乱なまなざしの王太子に、侍女はさらっと答える。

「お嬢様が逃げだそうとされたので、確保いたしました」

「……逃げようと思う元気があるなら、身体は大丈夫のようだな」

ふぅ、とため息をつくエグバートは、あきれてはいるが怒ってはいないらしい。てっきり「また性懲りもなく逃げようとするのか」と激怒されると思っていたアニエスは意外に思った。

（胸元のオーラも……うん、赤でも黒でもない、どちらかと言えば心配とか冷静の緑っぽい色が渦巻いているし）

相手が怒っていないならこちらとしても構える理由はなく、アニエスはおとなしく力を抜いた。

「声は少し嗄れているが、顔色も悪くはなさそうだ。熱は？」

「だ、だいじょうぶ、です。少しお腹が痛いですが」

お腹をさすりながらアニエスはぼそっと答える。

動けないほどではないが、ちょうど下腹部のあたりが月のものがきたときと同じようにツキツキと痛むのだ。それまで未開だった部分を開かれた上で激しく出入りされたから、多少痛むのはしかたないことだろう。

そう冷静に考えるアニエスの前で、エグバートも真面目な顔つきでうなずいた。

「結果的に純潔は保っていたからな。破瓜はどうしても痛むものだから、そこは許せ」

「……!? あ、な、なぜ、純潔ってわかって」

うろたえるアニエスに対し、エグバートはなんでもない様子で肩をすくめる。

「敷布に純潔の証が残っていた。無理やり突っ込んだならまだしも、あれだけ濡らした上でつながったのだから、怪我というわけではないだろう。となると、破瓜の出血と見るのが妥当なところだ」

理路整然と語られ、アニエスはがっくりと肩を落とした。

「……自分は純潔ではないからとうそをついてまで、わたしのもとを逃げだそうとしたからには、あなたはわたしとの結婚が相当いやなのだな」

「そ、それは、まぁ、否定はしませんが」

「正直だな。だがあなたのそういうところを、わたしは気に入っている。これは互いに顔を合わせて、会話しなければわからなかった発見だろう。……あなたもまた、わたしのことをさほど知らないのではないか？」

「えっ？」

意外な問いかけに、アニエスはとっさに顔を上げた。

「いえ、まったく知らないわけでは――」

「知っていたとしても、どうせ王太子としてのわたしの評判とか、戦場での活躍とか、そんなものだろう。そんな根拠のないうわさと同じようなものだけ信じられて、逃げなければと思われるのは、さすがのわたしも少々つらい」

実際に、エグバートの胸元には悲しみやさみしさを表す青いオーラがわずかに見える。

詭弁(きべん)ではなく本気でそう思っていることがいやでもわかって、アニエスは驚くやら意外に思うやらで、ついまじまじとエグバートの顔を見つめてしまった。

エグバートもアニエスの視線に気づいてだろう。居心地が悪そうに視線を逸(そ)らす。

「だからこそ、わたしはあなたをこの城に連れてきたのだ。互いのことを知る機会になれればと。ここは小さな城だけに使用人の数も少ないから、ゆっくり羽を伸ばせるしな」

大きく取られた窓から外を見やるエグバートに釣られて、アニエスも窓のほうを見やる。

どうやらここは三階らしく、窓からは美しく整えられた中庭が一望できた。

「ああいう庭を散歩しながら、お互いのことを話すのもいい。一緒に食事をしたり、寝る前に語り合ったり。そういう時間を取れればと思ったのだ。少なくともわたしは、もっとあなたのことが知りたい」

熱っぽさを感じるまなざしで見つめられ、アニエスはどきっと胸を高鳴らせる。

「だからあなたも、わたしのことを……世間のうわさ話や評判ではなく、直接言葉を交わすことで知ってほしいのだ。どうだろう？」

（どうだろう、と言われても……）

そんな風に言われると……断るのも悪い気持ちになってくる。

なんと答えたらいいのか。アニエスが逡巡(しゅんじゅん)していると、思考を断ち切るように扉が外からノックされる音が響いた。

「失礼いたします、エグバート様。王城より遣いの者がまいっております。書類もいくつか届いております」

声は若い男のものだった。おそらくエグバートの従者かなにかだろう。

そしてエグバートは隠すことなく盛大なため息をついて見せた。

「またか。わたしは休暇でここに滞在しているのだぞ」

「その旨、殿下を訪れる使者には毎度申し上げているのですが、いまいち伝わっていない様子で」

「チッ」

きれいな顔をゆがめて舌打ちしたエグバートに、アニエスは目を丸くする。

(王太子殿下でも、舌打ちってするものなのね)

確かに……彼のこういう姿は、漏れ聞こえてくる評判からは見えてこないものだ。

戦神だの英雄だのという言葉と、舌打ちする等身大の姿はあまりにかけ離れている。そしてアニエスは、彼のそんな仕草をちっともいやだとは思わなかった。

彼が申し訳なさそうな顔をして、すぐにこちらを向いてきたのには、性懲りもなくどきっとしてしまったが。

「せっかくだから食事を一緒にしたかったのだが、仕事が入ったようだ。慣れない場所に一人にして済まないが、気兼ねなく過ごしてくれてかまわないから」

「は、は、はい……」

あまりに優しい言葉をかけられて、アニエスはふわふわした心地になる。自分が思っていた王太子エグバートと現実の彼が、あまりに違っていたからだろうか？

彼が出て行くのを見送ったあとも、上手く言えない気持ちのおかげで、ぼうっと立ちつくしてしまった。

そんな彼女に声をかけてきたのは、エグバートと入れ替わりで入ってきた青年従者だ。

「お初にお目にかかります、アニエス様。エグバート様の従者をしておりますロイドと申します」

「あ……はじめまして、アニエスです」

流ちょうな挨拶を前にアニエスもハッと我に返る。

スカートをつまんで膝を折ると、ロイドという従者はにっこりと人好きする笑みを浮かべた。

「アニエス様、食欲はございますか？」

「え、ええ」

「それならば、食べながらお話しさせていただければ。いくつかご報告がございますので」

（殿下ではなく、わたしに報告なの？）

不思議に思いつつ、促されるまま隣の食事室に移動する。

エグバートと話しているあいだに、二人の侍女がすでに食事の用意をはじめていたらしく、席に着くとすぐにスープとパンが運ばれてきた。

続けてサラダと、卵料理が運ばれてくる。久々の貴族らしい優雅な朝食（昼食？）だ。水車亭の食事も美味しかったが、銀のカトラリーで食べる食事には美味しさ以上に懐かしさを感じた。

「まず、お嬢様が働いていた大衆食堂の水車亭に関してですが。僕が殿下からメモを受け取り、食材をそろえた上で挨拶してきました」

「えっ、エグバート様の従者みずから行ってくださったのですか？」

もっと小間使いとか、身分が下の人間にやらせていると思っていた。

「お嬢様がお世話になったところならば、僕が挨拶してくるのが筋だろうと。本当はエグバート様ご自身が行きたかったようですけどね」

「お、王太子殿下が挨拶に訪れたら、旦那さんも女将さんも卒倒しちゃうわ」

「そう思ったので、僕が行ってまいりました。結婚前に突然家出されたお嬢様を無事に保護させていただいたので、そのご報告にうかがいました、という体で」

「うわ……」

雇った従業員が良家の家出娘と知ったら、店主はとにかく女将は烈火のごとく怒りそうだが……。

「言うほど怒ってはいませんでしたよ。むしろ『やっぱりか』という反応をしていました」

「え？　そ、そうなの？」

「『言葉遣いとか食べ方とかがきれいだったからねぇ。いい家のお嬢さんなんだろうと思っていたけど、わけありっぽかったし、こっちも人手不足だったから、あえて聞かないようにしていたんだよ』とのことでした」

女将の言葉をそのまま伝えたのだろう。せりふが脳内で再生されて、いかにも女将さんらしいと思わず目を覆ってしまった。

「その日のうちに働き手も探しまして、新たに女給を二人紹介してきました」

「それなら水車亭は無事に営業できたわね。よかったわ」

「それと、女将からこちらを預かってきました」

ロイドが懐から小袋を差し出してくる。受け取ると手のひらにかすかな重みを感じた。

「お嬢様が働いたぶんの給金だそうです。良家のお嬢様だろうとなんだろうと、働いたぶんはきっちり払いたいという女将の強い希望でした」

「うっ、お、女将さぁあん……！」

水車亭の店主夫妻からすれば、アニエスは買い物に行ったきり姿をくらました不実な娘だろうに、働いたぶんの給金を渡してくれるなんて……っ。

本当にいいひとたちに世話になっていたのだと実感して、アニエスはたちまち目頭を熱くした。

（うぅ、直接謝りに行きたいし、お礼も言いに行きたいわ。でもこのお城って、あの街からも女神の城からも離れているわよねぇ？）

夜通し馬車で移動したということだから、そこそこの距離があるはずだ。

「あの、このお城って王国のどのあたりにあるのかしら？　窓から見るぶんには、近くに街などもなさそうだけど」

ロイドははきはきと答えた。

「お嬢様のお住まいである女神の城から西に行ったところです。途中、ふたつの森を通っていますね」

(となると、港からも離れてしまっているわね)

国外に出るために使おうと思っていた港は、女神の城から東にあった。

もしかしたらエグバートは、アニエスが懲りずに逃亡を図る可能性も考えて、あえて内陸の城へ移動したのかもしれない。無論、一番はのんびりと休暇を楽しみたかったのであろうが。

(それにしても、辺鄙な場所だと思うけれど)

なんでもこの城は、南は麦畑、北は森と湖の、ちょうど境目に建っているという。

近くの街までは馬でそこそこ走らないといけないとのことで、逆にどうしてそんな不便な場所に王太子所有の城があるのだとあきれてしまう思いだった。

「この『英雄の城』は代々の王太子に与えられる城で、いわゆる人目を避けてのんびりするための避難所のような役割があるのです。逆になにか悪さをした場合は蟄居のために使われることもありますが。いずれにせよ王都からもそこそこ距離があるので、休養や静養にはもってこいの場所なのですよ」

「その割に、今、殿下のところには王都からの使者がきているのよね?」

休養も静養もできないではないかと突っ込むと、ロイドも困った笑顔で肩をすくめた。

「おっしゃるとおりです。それに関しては僕も少し腹立たしく思っております。ただでさえ殿下は八年も同盟国に駆り出され、戦場に身を置く暮らしを続けておいででした。終戦し帰国したからには、戦いとも政治とも無縁の場所で、一ヶ月二ヶ月くらいゆっくりしてもバチは当たらないと思うのです」

それに関してはその通りだと思って、アニエスも深くうなずいた。

「それなのに、こんな辺鄙な場所まで使者が訪れるということは、エグバート殿下は内政の面でも頼りにされているということなのね？」

「単に便利に使われているだけのような気もしますがね」

困ったような笑顔ながらもはっきり言いきるあたりに、ロイドの従者としての率直な気持ちが表れているようだ。

きっと彼もエグバートとともに長く同盟国に滞在していたのだろう。戦場でのエグバートの様子を知っているからこそ、ゆっくりしてほしいのにと歯がゆく思っているのかもしれない。

（それなのに……帰国してのんびりする間もなく、わたしとの結婚についてあれこれ決めなければいけなかったのよね。それなのに、当のわたしは逃げ出して行方不明になっていたわけで……）

エグバートにとってはとんだ災難だったであろうと、今になってようやくアニエスは気がついた。

「その……わたしのことでも迷惑をかけてごめんなさい。従者のあなたにとってはとんだ面倒だったはずよね？」

しかしロイドは意外にも「いえいえ」と楽しげに首を横に振った。

「お嬢様が逃げ出した件については、ぶっちゃけ殿下の自業自得だし～という感じで、わりと愉快に思っておりました」

「え？」

愉快に？　と思わず聞き返すアニエスに、ロイドはしっかりうなずく。

「エグバート様ときたら、戦争で忙しいからって、一人さみしく待つばかりの婚約者宛に、贈り物どころか手紙の一つも書かれなかったんですよ？　『離れている相手になにを贈ればいいかも、書けばいいかもわからない』とか言って。これじゃあ、お相手に愛想を尽かされてもしかたないですよ」

「それは、まぁ……」

だがそれを言うならアニエスもなにもしてこなかっただけに、決してエグバートばかりを責めるわけにはいかないと思うが。

「こういうのは男性側が気を遣うのが普通です。お嬢様は悪くありません。すべては『神に選ばれた花嫁なら無条件で自分のことを好いているはず』と思い込んで、なにもしてこなかった殿下の怠慢が招いたことです」

アニエスはどきっと心臓を跳ね上げる。

八年前の顔合わせまで、彼女のほうこそなんの疑いもなく、自分は王太子殿下に好かれていると思い込んでいたのだ。

（それはエグバート様のほうも同じだった、ということかしら……？）

考え込むアニエスに対し、ロイドはほがらかに言った。

「だからこそ、殿下はもぎ取った休暇を利用して、お嬢様との仲を深めたいとお考えなのですよ。お嬢様にとっては今さらすぎて腹立たしいことこの上ないと思いますが。再会するなり寝室に連れ込まれたのですから、なおさらですね」

「ははは……」

（まぁそれは、わたしが純潔云々とうそをついたせいだけど）

その場での思いつきは口にするべきではないな、と、ロイドから微妙に視線を逸らしながら、アニエスは一人反省した。

「そんなわけですので、滞在中は可能な限り、殿下を避けずに交流を図っていただけますとありがたいです」

ロイドは胸に手を当て、丁寧に一礼しながらそう告げた。

そのとき扉がノックされて、メイドがすぐに取り次ぎに出る。

「アニエスお嬢様、女神の城から、お嬢様付きだった侍女のララが挨拶にきています」

「えっ、ララが⁉」

思わず立ち上がるのと、メイドに連れられてララという名の侍女が入ってくるのはほぼ同時だった。

「あ、ララ――」

「あああぁ、アニエスお嬢様ぁ――！　本当にいらっしゃった！　生きてる！　心配したんですからぁあああぁ――‼」

アニエスと同い年のララはぶわっと涙を浮かべると、トランクを放り投げて抱きついてきた。

「うわっぷ。……ご、ごめんね、心配かけて」

「本当ですよ！　女神の城中がひっくり返るほどの大騒ぎで……！　お嬢様の愛馬は見つかったのに肝心のお嬢様がいないから、よけいに大変な騒ぎになって！　本当に、本当に……！　お、お、お嬢様のっ、馬鹿ぁあああああ――‼」

腹の底から叫んだララは、腰を抜かして座り込むなり大泣きしはじめる。

あまりに大声で泣きわめくので、アニエスのみならずロイドや侍女たちまで耳を手で覆い、じりじりあとずさったほどだ。

結局ララは半時ほど泣き叫び、侍女たちが気を利かせて用意した茶を飲んだことで、ようやく落ち着いてくれた。

「本当に、その、ごめんなさいね。心配をかけて。……城のみんなも、あきれていたでしょう？」

もしくは烈火のごとく怒っていたでしょうね、と小さくなるアニエスに対し、ララは意外にも「いいえ」と首を横に振った。

「あきれるとか怒るとか以前に、もう『どうしてこうなったのか』という混乱一色でしたよ。まさかお嬢様が逃亡を図るほどに結婚に悩んでいるとは、誰も気づいていなかったんですから！」

「そりゃあ、ねぇ……」

思い悩んでいると知られたら最後、全員が全員、励ましたり慰めにかかったり『王太子殿下は素晴らしい方ですよ』と言ってくるのは目に見えていた。結婚がいやで逃亡しないか、ひそかに見張られ

る可能性も充分あっただけに、気心の知れている侍女であっても絶対に相談などできなかったのだ。

だがそのせいで、女神の城に勤める人々にとってアニエスの逃亡は青天の霹靂（せいてんのへきれき）もいいところだったらしい。

衛兵の半分が逃げ出した馬を追い、もう半分が街や周辺を探し、家庭教師たちは教え子の苦悩に気づかなかったことを嘆き、侍女たちは主人の無事がわからず泣き……という感じで、一時は料理人や庭師まで、アニエスの捜索にあたったとのことだった。

「それなのに、アニエス様ったらずっと街の大衆食堂にいらっしゃったんですか？　途中で人さらいにでも遭ったんじゃないかって、隣の隣の領地まで探しに行っていたわたしたちが道化みたいですね」

「ご、ごめんね？」

「いいえ、こうして五体満足でいらっしゃることがわかったのでよかったです。本当に……アニエス様が結婚をいやがっていたなんて、ちっとも気づいていませんでしたから……おそばにお仕えする者として失格だったと、今は城中がずーんと沈んだ空気でいるところです」

「ごめんね……？」

まさかそこまで落ち込まれるとは思わなかった。これなら烈火のごとく怒られたほうがまだ気が楽だと、アニエスは大いに反省した。

「アニエス様のご両親も、娘が逃亡したとの知らせを受けて、卒倒するほどに驚いていらっしゃいましたよ。すぐに女神の城にご家族で駆けつけて。こちらからお嬢様を保護したとの知らせが入るまで食事もほとんど喉を通らず、げっそり瘦せておしまいになったんですから」

「うぐ」

家族のことを出されると、さすがに申し訳ない。小さくなるアニエスに、ララはぷんぷんと説教してきた。

「たまたま運がよかっただけで、一歩間違えば危険な目に遭っていたかもしれないんですから。本当に二度としないでくださいね、アニエス様！」

「善処します……」

「そこは『はい』って素直におっしゃるところでしょう、もおおお！　これはなんとしてでも、王太子殿下にがんばっていただかないといけませんね！」

「ど、どうしてそこで王太子殿下が出てくるのよ」

ララは「決まっています」ときっぱり答えた。

「アニエス様が逃げ出したのは、よく知らない相手と結婚することへの抵抗感が強かったせいでしょう？　ならば！　ここでお二人でゆっくり過ごして、お互いを知ることができれば、その問題は解決に向かうはずです」

エグバートやロイドだけでなく、信頼するララにまでそう言われて、アニエスは「そういうものなの？」と思わず尋ねてしまった。

「少なくとも王太子殿下はそうお考えのはずです。それに、王太子殿下はアニエス様の名誉を守ることも大切だと考えていらっしゃいますわ」

「わたしの名誉?」

意外な言葉にアニエスは目をまたたかせる。ララはしっかりうなずいて見せた。

「王太子殿下が女神の城に到着したのは、お嬢様が失踪して一週間後のことでした。ここまで探しても見つからない以上、王家に協力を仰いで大々的な捜索を行うべきだと皆が主張する中、王太子殿下だけはそれに反対したんです」

「なぜ……」

「『そんなことをしたら花嫁失踪の事実は国中に知られて、アニエス自身が大変肩身の狭い思いを味わうことになる。失踪したことを理由に、彼女の立場を脅かそうとする不実な輩も現れかねない。それを避けるためにはギリギリまで隠し通したほうがいい』ということでした」

エグバートの声真似をしてか、至極真面目な顔で語るララに、アニエスは小さく息を呑んだ。

「そこから三日、四日? も、王太子殿下はみずから馬を駆って周辺を訪ねたり、街に降りて情報収集なさったりして、捜索に当たられていたんですよ」

「……そうだったの」

「『アニエスの目撃情報が遠くの街にもまったくないなら、絶対に近くにいるはずだ』と仰せになって。実際にお嬢様は城下の街にいたわけですから、王太子殿下の読みは当たったわけですね。はあ、さすがですわぁ……!」

まるで二人が運命の赤い糸で結ばれているからこその発見だった、と言わんばかりにララはうっとりとした表情を見せる。

まさかエグバートが、アニエスが見つかったときのことまで考え抜いて、少人数での捜索を続けていたとは。

アニエスのほうは、とにかく路銀を貯めて海を渡って、新天地で新たな暮らしを営むのだ——程度の漠然とした未来しか考えていなかったというのに。

自分と相手の考えの深さがあまりに違っていて、アニエスはたちまち縮こまった。

そんな主人に、ララはもう一押しとばかりに言葉を重ねる。

「お嬢様がお考えになる以上に、王太子殿下はお嬢様のことをあれこれ考え、大事に思っていらっしゃいます。ひとまずこちらに滞在して、王太子殿下のお人柄を見極めてはいかがでしょう？　婚約破棄だの失踪だのは、それから考えても遅くはないと思いますよ」

（実際、そうなのでしょうけども）

中庭に降りてきたアニエスはララをお供に食後の散歩を楽しみつつ、小さくため息をついた。

（肝心の王太子殿下は仕事にお忙しそうだし。それにわたしの名誉を守るために大がかりな捜索隊を結成しなかったというのも、翻せば花嫁に逃げられた事実を単に隠したかっただけ、とも受け取れるのでは……？）

我ながら相当うがった見方をしていると思うが、ことエグバートのことになると思考が一方向に行きがちになるアニエスだ。最悪の初顔合わせを含め、募りに募った八年ぶんの不信感は、あいにく一朝一夕で拭えるものではなかったらしい。

（でもララがこちらにきたのも『気心の知れている侍女を寄越してくれ』というエグバート様からの要請だったというし。今朝も、それに……行為の最中もこちらをとても気遣ってくれたのは間違いないわ）

行為のことは思い出すだけで首までかっかと火照ってくるだけに、あんまり考えたくはないけど。

そんなふうに考えに没頭していたせいか、いつの間にか奥まったところまで入ってきていた。

木立の向こうから誰かの声が聞こえてきて、アニエスはハッと立ち止まる。

見れば中庭に面する部屋の窓が大きく開かれており、室内にいるひとの声が漏れ聞こえていた。

（エグバート様の声……？）

ついつい気になったアニエスは、姿勢を低くして木立に隠れながら窓ににじり寄る。

室内ではエグバートが、使者とおぼしき男に対し、あれこれ言いつけている様子だった。

「――復興支援と言えば聞こえはいいが、なにもかもに金を出せばいいというものではない。この戦争では我が軍にも少なくない損害が出ている。まずはそちらの補償を考えるべきだ。他国への援助はそのあと。まずは我が国のことを考えなければ」

机の書類を指しながら揺るぎない口調で言うエグバートに、使者はタジタジになりながら「しかし、同盟国の損害もかなり大きく……」ともごもご答えている。

エグバートは「話にならない」とぴしゃりと言った。

「それでなくても同盟国には戦時中、できうる限りの支援を行っていた。他国を立てるために我が国がこれ以上身を削る必要はない。次に書類を持ってくるなら、戦役に駆り出された者への補償提案書にしろ。いいな？」

「は、はい……」

「次の者、入れ」

すごすごと退室して行った使者と入れ替わりに、新たな使者が緊張気味に入ってきて、さっそく書類をいくつか渡した。

エグバートは思い切り眉をひそめて、それをさっさと放り投げてしまう。

「戦勝祝いの宴なら、すでに王宮で三度も行ったと思うが？　まだ足りないのか。これ以上どんちゃん騒ぎをして国庫を圧迫してどうする。却下だ」

「し、しかし、これは王太子殿下と花嫁様の披露パーティーも兼ねておりまして……！」

「わたしがその花嫁と親睦を深めるために、ここに滞在していることを知らずに言っているのか？　くだらない提案を持ってくる輩のせいで、わたしは本懐を果たせずにいらだっているのだが」

美貌の王太子にギロリと凄まれ、使者は蛇ににらまれたカエル状態になった。

「そ、それは、そのぉ……」

「いろいろ難癖をつけてくるが、要はわたしにさっさと王宮に戻れと言いたいのだろう。八年も休みなく戦役を行ったのだ。十日程度の休暇くらい容認してくれてもいいのではないか？」

「お、お気持ちはわかりますが、陛下が……」

「さっさと隠居したいという理由で息子を馬車馬のように働かせるのは、国王としても父親としてもどうなのだろうな」

はぁ、とこれ見よがしにため息をつくエグバートに、使者は汗を拭きながら「はぁ、まぁ」とヘコヘコする。

その使者もすぐに追い出されるが、新たにやってきた使者も似たようなことをくり返すばかりだ。

これは戦争帰りでなくてもいらつくわ……と、アニエスはエグバートに同情する。

使者のみならず城の人間やロイドの訪問も終えたところで、一人になったエグバートはふぅっと大きく息を吐き出した。

そして、アニエスがいる木立のほうへぐるっと首を向けてくる。

「そこにいるのだろう、アニエス。いいかげんに出てきたらどうだ？」

「ぴえっ？」

気づかれているとは思っていなかったアニエスは、文字通りその場で跳び上がった。

「ど、どうしてわたしがここにいるとお気づきに？」

「どうしてと言われても……気配で？」

「気配で⁉」

にわかに信じられないが、戦場暮らしが長いとそういうものに敏感になるのだろうか？

「そちらの大きな窓が扉代わりにもなっている。そこから入ってきなさい」

ララが気を利かせて「わたしは先にお部屋に戻っていますね」と、アニエスが止める間もなく下がってしまう。

「入りなさい」

エグバートに重ねて言われ、アニエスはおずおずと室内に入った。

どうやらそこは執務室だったらしい。どっしりとした大きな机には書類が山積みになっていて、アニエスは首を縮こめた。

「……盗み聞きするような真似をして、ごめんなさい」

「かまわない。重要な話をしていたわけでもないしな」

エグバートはふぅーっと息を吐きながら眉間をもみほぐす。どうやらかなり疲れている様子だ。

「あの、もしかして昨夜はあまりお休みになれていない……？」

夜のあいだ、ずっと移動していたという話を思い出しながら尋ねると、なんと彼はうなずいた。

「一睡もしてないな」

「一睡も……⁉　だって、馬車で移動されたのでしょう？　少しくらいは眠れたのでは……」

「戦場暮らしが身についたおかげで、寝付きは悪いし、眠りも浅いのだ。移動中は特に、どこから奇襲があるかわからないという感じで、目が冴えてしまう」

「……」

アニエスはなんとも言えずに黙り込む。

寝不足で頭痛も感じていそうな今のエグバートからは、進んで前線に飛び込み首級を上げる戦神という気配はほぼ感じられなかった。

むしろ緊張を強いられる環境での生活で眠れなくなったと聞かされると……彼もまた、まぎれもない生身の人間なのだと思い知らされて、胸がぎゅっと痛くなる。

(そんな環境に身を置いていたら、婚約者への手紙を書く余裕なんて、なくて当然だと思うわ)

おまけに静養のために片田舎の城に入ってさえ、王宮からあれこれ相談事が持ち込まれるのだ。イライラして、使者への口調が厳しくなるのも当然だろう。

(三回もやったあとで、さらにパーティーをするという話なら、よけいにね)

一方で、同盟国に対する話にもエグバートは険しい顔を見せていた。

「あのぉ同盟国の復興支援のお話も聞こえてきたのですが」

「ああ、そちらも聞いていたか」

エグバートは思い切り眉根を寄せながらうなずいた。

「わたしとしてはこの八年、我が国の兵を貸し与えていたことも踏まえ、充分すぎる支援をしてきたと思うのだがな。向こうはまだ足りぬという具合に、さらなる支援金を寄越せと言ってくるのだ」

「同盟国って、そんなに金銭的に大変な状況なのですか？」

八年も戦争をしていたのだから、そりゃあ懐に余裕がないのは想像がつくが……。

「どうだかな。少なくとも八年のあいだ、王侯貴族が節制に励んでいたかと言われると疑問しかない。下々の者はとにかく、彼らに困窮している様子はほとんど見られなかった」

「……」

「戦場となった領地を治めている者たちは苦労していたが、それくらいで……。なにかあるとすぐ戦勝祝いだと派手な催しをするあたり、わたしは好きになれなかったな」

エグバートの性格ならそうだろうなとアニエスはうなずく。

軍役に出ている国民が大勢いる環境下で、彼らの上に立つ者がどんちゃん騒ぎをしているというのは、端から見れば胸がむかむかする光景だったのだろう。エグバートの真面目で律儀な性格を思えば、なおさらである。

「同盟国と言えば聞こえはいいが正直なところ、今のオーベン王国が、我が国が苦境に陥ったときに助けてくれるかと言えば、甚だ疑問が残る。わたし自身はかの国に必要以上に関わりたいとは思わないし、即位した暁にはその方針を貫くつもりだ。向こうの国王の考えが変わるか、代替わりすれば、また違うかもしれないがな」

「大変なのですね」

「まぁ、我が国の王も立派かと言われれば、それはそれで」

悩ましいとばかりに、エグバートは大きなため息をついた。

「わたしは国王陛下にお目通りしたことはないのですが……あ、花嫁に選ばれたときをのぞけば、ですけれど」

「うむ」

「その、エグバート様の目から見た国王陛下は、あまり、その……？」

「立派ではないように見えるのか？　と聞きたいのか？」

「恐れながら……」

エグバートはふっとほほ笑んだ。

「相手があなただから正直に答えるが、わたしは陛下を……いや、父を、さほど賢王だとは思っていない。良王だとは思うが、それだけだ」

なんとも辛辣な評価である。だがエグバートのような有能な人物から見れば、ただの「いいひと」である父王は少々頼りない存在に見えるのかもしれない。

「特に重大な決断をくだす場面で、その優柔不断さが際立つのがな……。おまけに、わたしのことをアテにしすぎている。まだ二十六のわたしにあれこれ決めさせるのもどうかと思うな」

苦笑交じりに答えるのは、もう少し父にもしっかりしてほしいという息子としての心情だろうか。

彼が抱える重圧がいかほどのものかを感じて、アニエスはまたなんとも言えぬ気持ちになった。

「すまない、愚痴になったな」

「いえ」

応接用の長椅子に歩いて行く彼のうしろ姿が、疲れているようにもさみしげにも見える。

アニエスはみずから扉に歩いて行き、廊下にもう誰も待っていないことを確認した。

「あの、少しお眠りになったらいかがですか？　誰かきたらお知らせしますから」

「……とか言って、この隙に逃げ出そうと考えていたりしないか？」

ニヤッと笑いながら言われて、アニエスは「し、しませんよ」と頬をふくらませた。

「さすがにそこまで卑怯ではないです」

「なるほど、結婚前に失踪することや、何者かに純潔を奪われたと主張するのが卑怯者のすることだとは自覚していたか」

「う……っ。だ、だって、そのときは、結婚したくなかったから」

「――今も？　結婚したくない気持ちは健在か？」

いきなりずいっと迫られて、前髪からのぞく薄い青の瞳の鋭さと美しさに、アニエスは「ひぃっ！」と悲鳴を上げた。

「ち、近いっ、おきれいな顔が大変近いですっ」

「近いとなにか問題があるのか？」

「心臓に悪いのですよ！　顔がいいってもはや罪だわ……！」

「……あなたを恥ずかしがらせることができるなら、無駄に整ったこの顔も悪くないと思えるな」

身体を引かせたエグバートは、己の顎をなでながらまんざらでもない顔で言った。

「無駄にってなんですか、無駄にって」

「この顔のせいで、望んでもいない相手に好意を寄せられることも多いからな」

心底うんざりしているという顔で言われるものの、美人が言うと嫌味(いやみ)にしか聞こえない。

(あ、でも)

好意を寄せられたと言えば……。

ふとエグバートに関する記憶が刺激されて、アニエスはおずおずと問いかけた。

「あのぅ、殿下は、同盟国の王女様とは、なにもないのですか……?」

――戦時中、エグバートが唯一起こした問題というのが、同盟国の王女に乱暴を働いたということだった。

乱暴というのはなにも暴力だけではなく、性的なものも含まれている。

それだけに……実はお二人は同盟国でただならぬ仲になって、それをなんらかの理由で外部に知られたために、乱暴だのなんだという話に変換された――という可能性もあるのでは?

もし同盟国の王女様に思いを残しているなら、そちらを育んでいくという道もあるのでは……などと、アニエスはついつい考えてしまったのだが。

肝心のエグバートの胸元から、例の暗黒オーラがぶわっと噴き出すのに気づき、彼女は「ひぃっ!」

と悲鳴を上げてあとずさった。

「同盟国の王女と、なんだって？」

「ひ、ひえっ」

「……まさかとは思うが、オーベン王国の王女とわたしとのあいだに、なにかあったのではないかと邪推していないだろうな？」

アニエスはぶんぶんと首を横に振った。

「い、いえっ！　邪推なんてそんなことは決して……！」

と言いつつ目を泳がせてしまったのは、図星を突かれたからにほかならない。

エグバートはしばらく暗黒オーラを纏（まと）っていたが……はぁ、と盛大なため息をついた途端に、その色は悲しみや落ち込みを表す青紫に変化する。

おまけに彼はアニエスに近寄ると、おもむろにその身体を抱き寄せた。

「きゃっ。で、殿下？」

肩口にひたいを埋められるほどにぎゅっと抱擁されて、アニエスは大いにあたふたした。

「……さすがに不貞を疑われるのはつらいな。それもこれも、手紙の一つも書かなかった自分のせいとはいえ」

「ふ、不貞⁉」

おおよそエグバートの口から出るとは思えない言葉に、アニエスは跳び上がった。

「や、そんなことは思いませんよ！　殿下のことだからむしろ純愛だったのでは……あ」

……遊びだろうと純愛だろうと、婚約者のいる身で別の女性に懸想すれば、それは立派な『不貞』である。

そんな当然のことをアニエスは遅れて思い出し、みずからの失言にあわてて口を抑えた。

だがその頃にはエグバートはくつくつと肩を揺らして笑っていた。顔を上げた彼は「冗談だ」と軽い口調でつぶやく。

「わりと本気で尋ねてくるあなたがおもしろかったものでな」

「か、からかわないでくださいよ、もう……」

アニエスはあわててエグバートの腕から抜け出すが、ふざけたような口調と違い、エグバートの胸にまださみしさの青紫のオーラが渦巻いているのを見て、心がズキッと痛んだ。

どうやらアニエスに不貞を疑われるというのは、エグバートにとって想像以上につらいことだったらしい。

それを表に出さずに、あえて冗談のように振る舞う彼に、アニエスはひどい罪悪感に駆られた。

「あの、殿下——軽率なことを言ってしまって、ごめんなさい。もうお二人の仲を疑ったりはしませんので」

「本当に？」

「本当です！」

「……では、それをキスで誓ってくれ」

「へあ？」

話が妙な方向に飛んで、アニエスは素っ頓狂な声を漏らした。

「その間の抜けた顔も可愛くていいな」

くつくつ笑うエグバートに「じょ、冗談ですよね？」と尋ねるが、彼のまなざしは思いがけず真剣だ。

「いや、本気だ。どうかキスして、誓ってほしい」

「ちょ、言いながらまた抱きしめてくるのやめてくださ……っ、近いですから、きれいな顔が！」

「わたしの顔はきらいか？」

「うっ……！」

……むしろ好きな部類だ。神が造りたもう美の傑作とも言えるエグバートの顔は、見ているだけで胸がどきどきしてくる。

アニエスが恥ずかしさのあまり真っ赤になって硬直したのがおもしろかったのか、エグバートは結局彼のほうからキスしてきた。

「んむっ……！」

「せっかくだから、キスの先も少しさせてくれ」

「へ……!?　うきゃあっ」

昨日と同じく横向きに抱えられて、アニエスはあわあわと足をばたつかせた。

どこへ連れていくのだと聞く前に、部屋の隅に置かれていた応接用の長椅子に降ろされる。

肘掛けのそばに置かれたクッションに頭を預ける形で横にされ、アニエスは目を見開いた。

「で、殿下、なにをするおつもりですか？」

「少し気持ちよくさせるだけだ」

「……いやいやいや！　駄目ですって、誰かが入ってきたらどうなさるおつもりですか！」

あわてて逃げようとするが、エグバートがすかさず座面に手と膝をついて、アニエスを閉じ込めるように拘束してしまう。

「別に誰が入ってきても構わないだろう。婚約者同士なのだから、不貞にも当たらない」

「うぐっ」

今その言葉を持ち出してくるのか。

卑怯（ひきょう）な、と思うが、彼が傷ついたことを知っているだけに、大きな抵抗ができない……！

そうこうするうちに、エグバートはまた口づけてきた。

「んあ……、ンン……っ」

ドレスの上から胸元にもふれられて、アニエスはびくっと肩を揺らす。

「ドレス姿も悪くないが……脱がせにくいのが難点だ」

「ぬ、脱がせないでください。あっ」

だがエグバートは胸元のリボンをほどき、その下に隠されていたボタンをさっさと開けていく。

無論アニエスは止めようとするが、あっさり振り払われて、コルセットを強引にずり下げられた。

「きゃあ！」

真っ白な乳房がふるんと揺れながら顔を出し、アニエスはますます赤くなる。

「見ないでくださいっ」

「昨日もさんざん見たが？」

「そ、それなら、もう見飽きたのではありませんか……⁉」

「そんなわけがないだろう。本当に、言うことがいちいちおもしろいな、あなたは」

「褒め言葉になっていませんから……！」

むしろ馬鹿にされている気がする。

だがアニエスがムキになるのも、彼からしたら『おもしろい』らしい。楽しげにほほ笑みながら、おもむろに乳房に顔を寄せてきた。

「きゃう……！」

一方の乳首を口に含まれ、丹念に舐め転がされる。もう一方の乳首も指先でいじられて、たちまちぷっくりと勃ち上がってきた。

「ん、んっ……」

いじられるたびに肌の内側に愉悦が沁みて、勝手に声が漏れていく。いつ誰がくるともしれないだけに必死に口元を押さえると、エグバートはより執拗に乳首をいじりだした。

「ンン……！」

「別に声を抑えなくてもいいだろう」

「だめ、です……っ。誰かきたら、どうするんですか……んあっ」

「王太子とその婚約者が仲良くしているとわかるだけだ」

（それがいやなんですー！）

恥ずかしいことこの上ないではないか！　この王太子には羞恥心というものはないのかと、アニエスは恨みがましく思った。

「は、ああ……っ、んんっ」

乳輪ごと口に咥えた乳首をじゅっと音が鳴るほど吸い上げられて、アニエスは自然と背筋を反らせた。

「下も、つらいのではないか？」

「あっ」

ドレスのスカートが大きくめくられ、絹靴下に包まれた太腿をゆったりなで上げられる。なでられているだけなのに背筋がぞくっとするほど感じて、アニエスは目元を赤く染めた。

「つ、つらくないです、さわらないで……、ひぅっ」

ドロワーズの上から秘められた場所を引っ掻（か）くように刺激されて、アニエスは腰を跳ね上げた。

「どうかな。ここに蜜が滲んでいるような気がするが」

「んあ、あ……、や、あぁあ……っ」

ふくらんだ芽を布越しに的確に刺激されて、アニエスの腰が勝手にくねり出す。

そこを指先でなでられながら乳首をねっとり含まれると、じっとしているのも難しいほどの愉悦が身体の奥から湧き出てくるようだ。

「は、ああ……っ、そ、れ以上は……やめて……ンン」

芽を強めにぐっと圧されて、身体の奥から熱い愉悦がじわりと広がっていく。昨日味わった快感の頂が確実に近づいている気がして、アニエスは危機感とともに訴えた。

しかしエグバートは動きを止めない。それまでと反対の乳首を舌先でコロコロと転がしながら、楽しげにこちらを見つめてくる。

「なぜ？　もっと濡れて、ドロワーズが使い物にならなくなるからか？」

なんとも意地の悪い質問に、アニエスは涙目になりながら相手をにらんでしまった。

「で、殿下の……いじわる……！　あ、ぬ、脱がせないで……っ」

「だが、このままでは下着が蜜まみれになるぞ？」

「うぅ……！」

それはそれでいやだが、かといって脱がされるのも許容範囲外だ。

「このままだとドレスまで濡れるな——」

「きゃあ！」

不意に太腿をぐいっと持ち上げられて、膝を左右に割り開かされる。

足をばたつかせて抵抗するも、エグバートは意に介さず、アニエスの片方の足を長椅子の背もたれに引っかけた。

もう一方の足もぐっと広げられ、ヒクつく蜜口から下生えに覆われた肉粒まで、すべてを彼の眼前にさらす格好にされてしまった。

「やっ……」

はしたない上に、いやらしすぎる体勢だ。羞恥のあまり声を失うアニエスは、エグバートの顔が自分の秘所に降りていくのを見て息を呑んだ。

「な、舐めるのはやめて……、きゃあう！」

制止した途端に、そこにねっとりとした熱さを感じて、アニエスは腰を跳ね上げる。

「舐め取らないと、ドレスまで濡れてしまうぞ。なにせ……」

「あ、あぁ、きゃぁあん……！」

「あとからあとから、あふれてくるからな。甘く熱い蜜が」

「そこでしゃべらないでぇ……！」

彼の吐息がかかるだけで腰が震えるほど感じてしまう。アニエスは無意識に彼の頭を押しやろうとするが……。

「あ、ひあ、あぁあん……！」

蜜がこぼれる入り口を舌先でつつかれ、舐め上げられるうち、彼の髪を掴んで引き寄せるような動きになっていた。

「あぁあう……！」

あふれた蜜をすくい取った指で、充血した芽を優しくなでられるのもたまらない。

腰の奥からどんどん快感がふくらんで、アニエスはたまらず背を弓なりにしならせた。

「はっ、はぁ、はぁ……！　や、あ……っ、あぁあん……！」

舐められるたび、なでられるたびに腰奥から熱さが背筋を伝い上がって広がっていく。

頭の中まで熱くなると、どうしようもなく理性が押しやられて、気持ちいいことばかり追い求めるようになってしまう。

アニエスの腰が自然と揺れていることから、それを感じ取ったのだろう。一度顔を上げたエグバートは、中のほぐれ具合を確かめるように蜜壺に指を差し入れてきた。

「あ、んん……っ」

「充分に濡れているな……。ここも、感じやすいところだったか？」

「はっ、あぁっ、あぁああ……！」

ふくらんだ芽のちょうど裏側あたりを指の腹でこすり立てられ、アニエスは身をよじって激しく喘ぐ。

「んっ、んんぅ……！」

おまけに深く口づけられて、舌をからめ取られた。熱い粘膜同士をこすり合わせると、喉の奥がじりじりとして、いっそう体温が上がっていく。

「んぅ、はっ、あぁ、あぁあ……！　やぁ、だめぇえ……っ！」

蜜壺を探る指の動きが速くなる。緩やかにこすられ、出し入れされて、それまで以上に快感が大きくふくらんだ。

たまらず首を振って口づけから逃れた瞬間、熱さが一気にふくらんで、頭の中が焼けつくように真っ白になる。

「は、あぁぁぁあ――……ッ！」

指先までビクビクッと大きく震わせながら、アニエスは全身をこわばらせて絶頂を迎えた。

少しして身体中からふっと力が抜けて、全身からどっと汗が噴き出す。少し遅れて襲ってきたけだるさに任せて、アニエスはゆっくり手足を弛緩（しかん）させた。

はぁ、はぁ……と剥き出しの胸を上下させて息を整えていると、身体を起こしたエグバートが、自身のベルトを外しているのが見えた。

あっと思う間もなく脚衣の前が開かれ、いきり立った男根が顔を出す。先走りを滲ませたそれを前に、アニエスは思わず唾を呑んだ。

「で、殿下……？」

「すまないな。喘ぐあなたを見ていたら我慢できなくなった」

「そんな、──あんっ！」

あわてて身を起こそうとするアニエスより先に、エグバートは自身の先端をアニエスの蜜口に当てて、ぐっと勢いよく突き込んできた。

彼を受け入れるのは二度目だ。太さも長さもあるせいか、やはり少し苦しい。

だが最初のときに感じた痛みはなりを潜めていて、そこには少なからずほっとした。

「痛むか？」

剛直を根元まで埋めながら、エグバートが問いかけてくる。

「い、いいえ……」

「それはよかった」

「え？　あ、きゃあ！」

不意にぐいっと身体を引き起こされる。下肢がつながったままだったこともあり、アニエスは目を白黒させるが……。

「あ、あ、こんな格好……っ」

気づけば、長椅子の背もたれに身体を預けたエグバートと正面から向き合い、彼の腰のあたりに座り込む体勢になっていた。

大事なところがつながったままであるために、足は自然と大きく開かねばならず、アニエスの中に忘れかけていた羞恥心が一気に戻ってくる。

「互いに服を着ているのが惜しいな。これではつながっているところが見えない」

「み、見えなくていいですから、そんなの……。んんっ……」

大きな声を出した途端に、身体の奥深くに居座る彼の存在を感じてしまって、蜜壺が勝手にきゅっと締まる。

「ふぁ……っ」

「ほら、逃げようとするな。わたしの首に腕を回して」

「んん……」

それなりに座面が広い長椅子ではあるが、くるぶしから下がはみ出している不安定さもあって、アニエスはつい彼の言うとおりにしてしまう。

そうすると互いの上半身もぴたりと密着して、剥き出しの胸から伝わる彼の温かさに、かぁっと耳まで熱くなった。

「ああ、いいな。こうして密着されると、あなたの感じやすいところをすぐ責められる」

「あっ、きゃあ……！　ひぅ……っ」

すかさず耳孔に舌先を差し入れられ、アニエスはびくっと全身を跳ね上げる。

「ひゃあっ……！」

動いた拍子に膣(ちつ)壁に彼のものが擦れて、そちらでもひどく感じてしまった。

「あ、あぁ、だめ、耳やぁ……っ」

首を反らして逃げようとするも、そのぶん追いかけられて逃げ切れない。腰をぐっと引き寄せられるたびに、彼のものが身体の中で主張してきて、アニエスはひどくもどかしい気持ちに駆られた。

「はあ、あぁ……っ、んぅっ……！」

「腰が動いているな……？」

「だ、だって……ひゃあっ」

剥き出しの乳房を優しくこねられて、アニエスはまた身体をびくりとさせた。

「こちらも舐めさせてくれ」

「やぁ、舐めちゃ……、あ、あぁ、あぁ……っ」

身をかがめたエグバートが、両方の乳首を器用に舐め転がしてくる。アニエスは緩く首を振りながら、湧き上がる快感からなんとか逃げだそうとした。

「あんん……！」

だが腰を上げようとする中で彼のものが擦れて、そのたびに快感が湧き出て身体から力が抜け落ちていく。彼は少しも腰を動かしていないというのに、アニエスの最奥からはとろとろと熱い蜜がこぼれ続けていた。

「そろそろ、つらくなってきたのではないか？　わたしが動かないことで」

アニエスの耳朶に舌を這わせながら、エグバートが意地悪くささやいてくる。

「つ、つらくなんて、ないです……、ンン！」

「強情だな。そこも可愛いが」

「んンンっ……！」

背筋を指先でつぅっとたどられて、どうしようもなくぞくぞくしてくる。

本当はエグバートの言うとおり、彼が動かないことで、じりじりした快感が溜まっていく一方でつらいのだ。絶頂の気持ちよさを知っているからこそ、募るばかりのもどかしさを発散したくてしかたがない。

「もぅ……っ、意地悪ぅ……っ」

「意地悪などしていない。あなたと一秒でも長くつながりたくて、こうしているだけだ」

「そ、それが意地悪だって……、あん……っ！」

乳首をきゅっとつねられて、アニエスの中で快感がぶわっと広がる。だが絶頂に至るまでには及ばない。

エグバートもアニエスのつらさに気づいているだろうに、かたくなに動こうとしなかった。それにアニエスは恨みがまし気持ちを抱く。

「ならば、ずっとこのままだな」

「うぅ……！　性格が悪い……顔はいいのに！」

「本音が漏れているぞ？」

「顔も悪ければよかったのにぃぃ……！」

「そんなことを言われたのははじめてだ」

よほどおもしろい言葉だったのか、エグバートはこらえきれない様子でくつくつ笑いはじめる。

その振動がまた蜜壺にきて、アニエスは「あ、や、やぁ……っ」と情けなく声を漏らした。

「動かないでぇ……っ」

「あなたが可愛いことを言うから悪い。だが……わたしも、正直もう限界だ」

「ひあっ……！」

腰をぐっと掴まれ、そのまま真上に持ち上げられる。彼の肉棒がずるりと半ばまで抜ける気配がした直後、腰をぱっと離された。

「きゃあう！」

当然、持ち上がった腰はそのまま下に落ちて、彼の肉竿を再び根元までくわえ込んでしまう。同時に最奥をぐっと突き上げられて、アニエスはたまらず悲鳴を上げた。

エグバートも快感を得たのだろうか。それまでとは違う少々凶悪な笑みを浮かべて、みずから腰を突き上げ、アニエスの最奥を刺激してきた。

「きゃ、あ、あぁ、ひゃあ……！」

それまで動かずにいたのがうそのように、真下からずんずんと突き上げられて、アニエスは快感のあまり見開いた目からぽろっと涙をこぼした。

その涙をくちびるでぬぐい取りながら、エグバートはアニエスの細腰をしっかり引き寄せ、ずちゅずちゅと絶え間なく奥を突き上げてきた。

「ひっ、あ、あぁ、だめ、あっ、あぁあっ！」

身体が上下するたびに「あ、あ」と声を上げて、アニエスはどうしようもなく感じてつま先を引き攣らせる。

「はぁ、アニエス……っ」

エグバートも余裕がない様子で、アニエスの乳首にきつく吸いついてきた。

「ひゃぁああん……！」

じゅっと音がするほどに吸い上げられて、アニエスは気持ちよさのあまり頭を振りたくって感じてしまう。

下腹部の奥で沸き立つ快感がとうとう限界を迎えて、アニエスは真っ白な喉を反らして嬌声（きょうせい）を上げた。

「あ、あぁあ、もう、もう……！　あ、あぁ、あああぁァア……ッ‼」

「ぐっ……」

エグバートも苦しげな声を漏らして、アニエスの柔肌に指を食い込ませてくる。

身体中を震わせながらアニエスが絶頂すると、エグバートもより腰遣いを激しくして……。

「でる……っ」

苦しげな声とともに、いきり立った剛直の先からどくどくっと精を吐き出した。

「あぁああ……ッ！」

身体の奥に注がれる熱い白濁に、アニエスは全身を激しく震わせながら感じ入る。

吐き出してもなおどくどくと存在を主張する男根にも、最後の一滴まで吸い上げようとする蜜壺のうねりにも、ひどく胸が熱くなって、また新たな涙がホロリとこぼれてしまった。

緩やかに腰を遣って、最後の一滴まで注ぎ込んだエグバートは、ぐったりとするアニエスを抱き直して、そのくちびるに口づけてくる。

アニエスが無意識に口を開くと、待ちきれないように舌を絡ませてきた。

「んんっ……！」

粘膜同士を擦り合わせる熱い口づけに、絶頂から醒めやらないアニエスは、またぞくぞくっと背筋を震わせる。下腹部の奥がまた熱くなって、自然と腰が揺れてしまった。

「このまま……寝台に向かうか……？」

アニエスの目元や頬に口づけながら、エグバートが熱い声音でささやいてくる。

交歓の気持ちよさにたゆたっていたアニエスは、ぼうっとしたまま身を預けそうになるが……。

「――殿下、こちらにいらっしゃいますか？　新たな使者が見えていますが」

ノックの音とともに、従者ロイドが声をかけてくる。アニエスはハッと我に返った。

エグバートも同じだったようだ。だが放心するアニエスと違って、彼のほうははっきりと不愉快さを顔に出し「チッ」と舌打ちまでしていたが。

「取り込み中だ。待たせておけ」

「一応、火急の案件らしいのですが」

「知るか。むしろそんなに急ぎの用事であれば、わたしではなく王宮の陛下の判断を仰げと言え」

不機嫌に言いきるエグバートの声を聞いているうち、身体の熱も引いてきて、アニエスはあわてて彼を止めた。

「だ、駄目ですって、そんなふうに言っては」

「呼んでいないのに、くるほうが悪い」

「それはそうですけど……。ほら、ロイドも困るでしょうし」

扉の向こうで困った顔をしているであろう従者を思い言ってみるが、エグバートはますますいやそうな顔になった。

「わたしの欲情より、従者の体面のほうが大事か？」

「い、いや、欲情は発散できたでしょう？」

「まだ足りない」

ぎゅっと抱きしめられ、顔中に口づけながら言われて、アニエスは甘えん坊の大型犬になつかれているような錯覚に陥った。

「だ、だめだめ、駄目です。ほら、もう離して？」

「……夜にあなたの寝室を訪ねてもいいなら、離す」

「ええっ？」

アニエスは思わず耳を疑う。

大陸中にその名をとどろかす王太子殿下が、まさか子供のような駄々をこねてくるとは。

「それが駄目なら離さない」

言葉通りぎゅうっと抱きつかれて、アニエスは「ああもうっ」と観念した。

「わかりましたっ。夜に訪ねていいですから、とにかく今は離して！」

「チッ」

言質を取ったというのに、王太子殿下はあいかわらずの不機嫌顔だ。

だがこれ以上は無理だとわかっているのだろう。素直に腕の力を緩めて、アニエスの腰を持ち上げてくれた。

「あんっ……」

ずっと彼が中にいたせいだろうか。大量の蜜とともに男根がずるりと抜けていくと、ひどい喪失感を感じて、蜜口が物欲しげにヒクつくのがはっきりわかった。

「では、続きは夜に」

エグバートが耳元でささやいてくる。

アニエスは真っ赤になりながらも、ひとまず足首まで降ろされたドロワーズをはき直さねばと動きはじめる。

　だが快感で満たされた身体は上手く力が入らず、結局エグバートの手を借りて身支度を調えることになった。

　いやがるわけでもなく、黙々と身支度を調えてくれる姿には面倒見のよさを感じて、アニエスは不覚にもドキドキしてきてしまう。

　部屋を出ると、扉の向こうにはロイドだけでなくララまで待っていた。二人とも揃って『お楽しみだったようで』と言いたげな、生ぬるい笑みを浮かべている。

　アニエスはかっかっと首まで真っ赤になりながら、力の入らない足を叱咤して、自室までの道をなんとか歩いて行ったのだった。

第四章　思いがけない旅

しかし、昨日の今日という短時間で二度もいたしたせいか、身体から情事の名残が抜けると、今度はツキツキとした下腹部痛が大きくなってきた。

なぜだろうと不安に思ったアニエスだが、夕食前になって原因が判明する。

「──月のものがきた、と?」

「はい……。なんだか、すいません」

宵の口、食堂で顔を合わせたエグバートに、アニエスはもごもごと謝る。

月のものは自分の意思でどうにかなるものではないから、謝ることはないと思うが……夜にまた、と約束していただけに、少々引け目があったのだ。

(いや、昼にしたくせに夜にまたしたいと約束するほうが、どうかと思うけれどね!)

心の中で反論しつつ、ちらっと上目遣いで相手を確認する。

エグバートの反応は意外とあっさりしたものだった。

「ならばしかたない。案外、移動中にずっと眠っていたのも、月のものがくる前触れだったのかもしれないな。ひどい眠気に襲われることがあるとも聞くし」

拍子抜けしたアニエスは、思案顔のエグバートをついまじまじと見つめてしまった。

「？　どうした？」

「い、いえ。お怒りになるかと思っていたので」

するとエグバートは思い切り不審そうな顔になった。

「月のもののせいで夜の楽しみがなくなったから、か？」

「ええ、まぁ、そんな感じで」

「さすがにそこまで狭量ではないぞ、わたしは」

エグバートは半ばあきれたような、がっくりしたような様子でため息をついた。

その胸元をじっと見てみるが、やはり怒りの色は見えない。アニエスの言葉に少し傷ついたようで、悲しみの青い色が小さく渦巻いていたが。

（わたしの言葉に一喜一憂している感じなのかしら？）

エグバートほどのひとでもそうなのかと思うと少し意外だ。相手の心情など二の次で、自分の考えや思いで行動するひとだと思っていたから。

「それより、こうして立ちっぱなしというのも身体によくないだろう。すぐに食事を運ばせる。楽にしていなさい」

「はい……」

おまけにこちらの体調も気遣ってくれる。昼間に身支度を手伝ってくれたことといい、本当は世話好きで面倒見のいい方なのかもしれない。

夕食の最中も、彼は常にこちらの様子を気にして、手ずから料理を取り分けてくれた。

「——殿下、取り分けてくださるのはありがたいですけど、こんなにたくさん食べられないです！」

「む……？　その程度で足りるのか？　アニエスは小食だな」

「殿下が見た目以上に食べることのほうが驚きですよ」

エグバートの皿に山盛りにされた肉や野菜を見て、アニエスは本気で驚く。シュッとした見た目からは想像もできないほど、エグバートはかなりの健啖家（けんたんか）だったらしい。

「これも戦場暮らしで身についた悪癖だな。食べられるときに食べないと、いつ兵糧が尽きるかわからないから」

エグバートはしみじみつぶやく。

睡眠だけでなく食事にも、この八年の生活は色濃く出ているということか。

（そういう話を聞くと、彼が戦場で想像以上の苦労をされたことがわかって、なんとも言えない気持ちになるわね）

王太子でありながら、いつ襲撃や兵糧不足（ひょうりょうぶそく）におちいるかを警戒しながら生活しなければならなかった、なんて。

（その上、ようやく帰国できて結婚だと思ったら、婚約者に逃げられていたのだから）

エグバートの視点に立てば、とんでもない裏切りだと思われてもしかたないことだろう。

だが彼はみずからアニエスを探し回り、今も彼女に歩み寄るため、こうして休暇を設けてくれた。

きちんと休めているかは疑問ではあるが……互いのことを知って、結婚に前向きに臨めるように、あれこれ手を尽くしてくれているのは間違いない。

そう思うと、八年前の顔合わせと、漏れ聞こえてくる彼の恐ろしいうわさを鵜呑みにして、逃げることしか考えなかった自分の浅慮が恥ずかしくなってくる。

デザートを終え食後の紅茶が出てきたところで、アニエスは思い切って頭を下げた。

「その、女神の城を逃げ出して、殿下のお手を煩わせてしまったことを謝罪いたします。本当に申し訳ありませんでした」

カップを取り上げていたエグバートは、虚を突かれた様子でアニエスを見つめてきた。

「……そのことはもういい。確かに、少なからず怒りはあったが、あなたとつながったことでだいたい落ち着いたからな」

「うっ……！　じ、侍女たちもいる前で、そういうことは言わないでくださいっ」

「主人の会話など聞かなかったことにするのが使用人の務めだ」

「それはそうかもしれませんが……！」

赤くなるアニエスに対し、エグバートは例の楽しげな笑みを浮かべた。

アニエスはくちびるを尖らせながら視線を落とす。エグバートの胸元が自然と目に入って、アニエスは目をこらして感情のオーラを探った。

（やっぱり、暗黒という感じは見当たらないわね。あれは楽しいときにでる黄色と――）

可愛いものや愛おしいものを前にしたときに見えるピンク色。その二つが交ざりあい、さらにキラキラという金色の光もちらついている。

（金色の意味がわからないけれど……とにかく、ご機嫌であることは間違いなさそう）

アニエスをからかうことで機嫌よくなっているのかと思うと複雑だが。

（ずっと戦場暮らしで大変だったのだもの。楽しい時間を過ごすのは大切なことだわ）

そうみずからに言い聞かせて、アニエスは温かな紅茶をゆっくり味わった。


月のもののおかげで濃密なふれあいはなりを潜めたが、代わりに節度あるお付き合いの時間が長くなった気がする。

別々の部屋で寝起きする二人だが、三度の食事は可能な限り同じ部屋で食べるようにした。

使者が途切れたタイミングで中庭を散歩したり、図書室で思い思いの本を読んだりする時間はそれなりに楽しめるもので、アニエスは特に彼の博識ぶりに舌を巻いていた。

「驚きました。同盟国には柑橘系の実がなる木がないなんて」

「イーデン王国のはわりと北に位置しているからな。代わりにベリーはたくさん採れる。戦後処理が落ち着いたら、あの美味いベリーを土ごと輸入したいものだ」

「土ごと、ですか？」

「ああ。我が国ではベリーはあまり根付かない。だが同盟国と似た気候の北方の領地なら、土壌を改良すればベリーを育てることは可能ではないかとにらんでいるのだ」

「まぁ、土壌改良……！」

「北のほうはどうしても特産物が限られるからな……。ジャガイモと乳牛以外にも、なにかしら産業を根付かせたいのだ」

そう語るエグバートの横顔は真剣そのものだった。

長い戦場暮らしで生活そのものも大変だっただろうに、その合間に我が国にとって利益になりそうなものを考えていたなんて。アニエスは心から感心した。

エグバートは産業のほかにもさまざまな構想を練っており、軍事面ではあそこを強化したいとか、福祉面ではここを手厚くしたいとか、二人きりの時間によく話してくれた。

よくある恋人同士の話……たとえば流行りのドレスのこととか、話題のオペラのこととか、そういった話はまったく出てこない。

そばに控えているララやロイドが「難しい話ばかりで退屈ではありませんか？」と何度か気遣ってくれたが、アニエスにとってはむしろこういった話のほうが楽しめた。

それに理想を語るエグバートの面持ちは惚れ惚れするほど格好良くて、つい見惚れてしまうこともあったほどだ。顔がいいことの副産物である。

幸いエグバートのほうも、アニエスの興味の波長が自分と合うことを嬉しく思ったらしい。

「こういったことを話せる相手は乳兄弟でもあるロイドくらいしかいなかったから、なんとも新鮮な思いだ」

「……わたしも、殿下のお考えを知れて、とてもよかったです」

「少しは惚れてくれたか？」

「そ、それとこれとは話が別です」

「手強いな。そういうところも好ましいが」

はっきり『好ましい』と言われて、アニエスの胸がどきっと高鳴った。

「そ、そんなふうに言われても、なにも出ませんからね」

「ははは、そうか」

だがこういった気安い会話を続けていくうち、アニエスもエグバートと一緒にいることにさほど抵抗を覚えなくなってきた。月のものの最中で、エグバートが手を出してこないことも影響しているのだろう。

時々彼の胸元をそっと見てみるが、やはり暗黒オーラはまるで見えず、黄色やピンク色などの穏やかな色のほうが多かった。

「もしかして殿下って、わたしのことをわりと気に入ってくださっているとか……？」

エグバートが使者に捕まったので、ララをお供に中庭でお茶をしていたアニエスは、つい疑問に思うままつぶやいてしまう。

　向かいでお茶を飲んでいたララは、それを聞いてぶっと噴き出しそうになっていた。

「いやいやいや、そんなの当然のことではありませんか！　殿下がアニエス様を見つめる目ったら！　優しさと慈しみを備えたあのまなざしに、アニエス様ったら気づいていらっしゃらないのですか⁉」

「え、えっ？　で、殿下ったらそんな目でわたしを見ていたの？」

　ララの勢いに圧されて無意識に腰を引かせながら、アニエスは目をぱちぱちまたたかせる。

　胸元を見ることで相手の感情を知ることができるアニエスは、昔からどうしても相手の目より胸を見ることのほうが多いのだ。まさかエグバートがそんな目を自分に向けているとは思わなかった。

（なにより殿下の目を見るときって、だいたい情事のときだし）

　そしてそういうときの彼の目は、獲物を前にした獣のごとく鋭い感じだし……。

（あ、でも時々は）

　愛おしい者を見るような柔らかな視線で、可愛いと言ってくれるのだけど。

　そのことを思い出して赤くなると、ララは「ほら、心当たりがあるのでしょう？」と満足げにうなずいて見せた。

「殿下はいつだってアニエス様を大切な方を見る目で見つめていますよ。というより、あんなに熱烈に視線で『愛している』と言われて気づかないなんて。アニエス様って恋愛方面は少々鈍かったのですね」

「に、鈍いとはなによ、失礼ね」

と言いつつ、実際に気づいていなかったのだからぐぅの音も出ない。

（というか『愛している』だなんて、そっちのほうが驚きよ……！）

おもしろい奴、と思われているのはなんとなく気づいていたが、まさか愛などという甘い感情を抱いていたとは。

これまでなんとも思わなかったのに、なんだか急に落ち着かなくなってきた。

主人の心情の変化を察してだろう。ララがうんうんとうなずく。

「過去のことがあるだけに、王太子殿下に向き合うのは気が進まないかもしれませんが、どうか今の殿下を見てさし上げてください」

（過去ではなく、今のエグバート様を見る）

アニエスは落ち着かない気持ちながらも、ララのその言葉にはうなずいた。

彼女自身、エグバートと言葉を交わすうちに、本当の彼は自分が抱いていたイメージとずいぶん違う人物ではないかと思いはじめていた。

だからこそ、エグバートに「執務を手伝ってくれないか？」と言われたときは、二つ返事でうなずいたのだった。

気づけば、英雄の城に滞在するようになって一週間が経っていた。

執務室の隅で細々とした雑務を請け負うことになったアニエスは、作業の合間にちらっと机に向かうエグバートを見やる。

エグバートは机越しに王宮からやってきた使者と話していた。

これまでの使者は手ひどく追い返されるばかりだったが、今回の使者はエグバートの望む資料をしっかりそろえてきたようだ。先ほどから真面目な顔での話し合いが続いている。

「──では遺族への補償はこれを基本として、聞き取りを進めていってくれ」

すみずみまで目を通していた資料から顔を上げ、エグバートは重々しく命じた。

「恩給に関しても、わたしの意見は先に提出した通りだ。王宮で引き続き協議を進めてほしい」

「議会では、補償があるのにさらに恩給までは、という意見が大半ですが……」

「国がそこを出し渋りするのはよろしくないな。忠義を持って働く者には相応の褒美を用意せねば、人心は離れるばかり。わたしはそれを同盟国で目の当たりにしてきたのだ。この意見は曲げられない」

使者は困ったような顔をしつつも「議会にはそう伝えてまいります」とうなずいた。

「うむ。よろしく頼む」

「はい。──ところで、殿下はいつ王宮にお戻りに？　もう王都を離れ三週間くらいになりますが」

「あと一週間はこちらでのんびりするつもりだ。それくらいいいだろう？　可愛い婚約者とようやくゆっくり過ごせる時間を得られたのだから」

「ぶっ」

突然話を振られて、新たな文箱を開けようとしていたアニエスは危うく指を挟みそうになった。

「確かに、そうですが。早いところ王宮に戻って結婚式の日取りを決められたほうが、お二人で過ごせる時間はもっと長く取れると思うのですが」

使者のもっともな言葉に「どうだかな」とエグバートはにやりと笑った。

「結婚後にはどうせ祝宴だ、舞踏会だ、二人での挨拶回りだ、パレードだ、とけったいな催しが隙間なく詰め込まれるのだろう？　そんなものがあると考えるだけでうんざりする。……アニエスはどう思う？」

「えっ、わたしですか？」

意見を求められると思わなかったので、アニエスはひっくり返った声を漏らした。

「うーん。それが国家行事であるなら、拒否権はないと思いますが」

華やかな催しに連日連夜、休みなく顔を出さないといけないと言われると、憂鬱なのは間違いないが。

（……って、わたしったら、エグバート様と結婚することを前提で考えちゃっているわ）

いつの間にか彼から逃げ出したいという気持ちが薄らいでいるのを感じて、アニエスは自分自身にびっくりする。

一方のエグバートは「はっ」と肩をすくめた。

「国家行事なわけがあるか。享楽主義の奴らが、我々の結婚を口実に飲めや歌えのどんちゃん騒ぎをしたいだけだ」

　そして自分はそういうものはまったく好まない——というエグバートの意思を言葉の裏に感じて、そうでしょうねぇとアニエスはしみじみうなずいた。

「俗な言い方をしますけれども、殿下って、その、いわゆる無駄遣いがきらいですよね？」

「その通りだ。さすが我が婚約者、理解してくれて嬉しい」

　理解したと言うよりは、これまでの彼の言動から推測したに過ぎないのだが。

「とにかく、そういった催しを抜きにしても、結婚したら互いに忙しくなるのは目に見えている。今のうちに羽を伸ばすくらいはいいだろう。なにせ八年も戦争に駆り出されていた身なのだから」

「その通りですね……。本当に、それを言われるとぐぅの音も出ません」

　使者もまた何度もうなずいて、書類を文箱に収めた。

「それでは、殿下のお考えは責任を持って王宮に持ち帰りますので」

「うむ、よろしく頼む」

「……あ、ついでにこちらの文箱も持って行っていただけますか？　王都から届いたお手紙の返信を集めてありますので」

　アニエスが文箱を持って行くと、使者は快く受け取ってくれた。

「——しかし、すでにお二人で執務を開始されているとは。結婚後には、花嫁様はよき王太子妃となられるでしょうね」

「は、ははは、どうも」

アニエスは引き攣った笑みで答える。

使者が出ていくと張り詰めていた緊張も解けて、自然とほーっと息が漏れた。

「あの使者はあなたの有能ぶりも、王宮に報告してくれそうだな」

エグバートのからかいに、アニエスは「やめてくださいよ」としかめっ面で首を横に振った。

「ちょっとした書類仕事しかしていないのに有能なんて。王宮に勤める役人たちが聞いたらあきれられます」

「いや……ちょっとしたどころか、それなりに難しい仕事を振っているのだが。自覚がないのか？」

「え？　税率の計算とか手紙の代筆ですよね？」

この程度の仕事なら誰でもできるのでは？　とアニエスは思うが、エグバートは真面目な顔で首を横に振った。

「そういったことがいっさいできない令嬢や姫君も、世の中には多く存在しているのだぞ？」

「わたしは、ほら、未来の王太子妃として、普通の令嬢が学ぶこと以外にも、女神の城であれこれ教わりましたから」

——世継ぎの花嫁に『女神の城』が与えられるのは、城主として必要なことを実地で覚えさせて、結婚後に王宮の奥向きの仕事をそつなくこなせるようにするという意図も含まれているのだ。

勉強は進んでしたいと思うほど好きではなかったアニエスだが、四人の家庭教師が常時待ち構えているだけに、授業をサボるのにも限界があった。

ただ国外への脱走を決めたあとは、むしろ積極的に勉強をこなした。一つでも多く知識を持っていれば、身を立てるのに役立つはずだと思ったのだ。

(それなのに、こうしてエグバート様の隣で雑務をこなしているのだからねぇ)

人生とは不思議なものだと、つい眉間に皺(しわ)を寄せてしまった。

「使者も途切れたようだし、少し遠出してみないか?」

不意にエグバートが提案してきて、筆記具を片付けていたアニエスは目を丸くした。

「遠出ですか?」

「無論、体調が優れないようなら無理にとは言わない」

「いいえ、大丈夫です。月のものもちょうど終わりましたし」

むしろ朝から執務室に籠もりきりだったので、外に出られるというだけでわくわくしてきた。

「どちらに向かうのですか?」

「せっかく城の裏に森と湖が広がっているのだ。景色を楽しんでこよう」

「わぁ、実はちょっと行ってみたいと思っていたのです」

アニエスの笑顔を見て、エグバートは「決まりだな」とうなずく。

馬車ではなく馬で行こうということになり、アニエスはいったん自室に戻る。

乗馬服に着替えて玄関に出て行くと、すでにエグバートが待っていた。

「では、行こうか」

玄関前には、すでに二頭の馬が用意されていた。

そのうちの栗毛（くりげ）の馬を見たアニエスは、たちまち「まぁ！」と歓声を上げる。

「マロン！　あなたもこのお城にきていたのね」

「ヒヒン」

アニエスを見るなり、マロンという名の馬も嬉しげに頭を動かし、すり寄ってくる。

マロンは三年前からアニエスの愛馬として女神の城で飼われており、アニエスが逃亡する際には、その願い通りに城から全速力で逃げてくれた、とても賢い馬でもあった。

「乗馬は一通りできると聞いているが、慣れた馬のほうがいいだろうと思って呼び寄せておいた」

「ありがとうございます。……嬉しい、もう二度と会えない覚悟でお別れしてきたから」

マロンも同じ気持ちなのか、アニエスに何度も鼻面をこすりつけて甘えてきた。

「馬と一緒に遠くへ逃げようとは思わなかったのか？」

「逃げたところで、いつかはお別れしないといけないとわかっていました。だって、馬と一緒に外国行きの船に乗ることはできないでしょう？」

「……いずれは国外へ逃れるつもりだったのか」

エグバートはわずかに目を見開き、アニエスを片腕でさっと抱き寄せた。

「きゃっ。な、なんですか」

「いや。国外に逃亡する前に見つけられて、本当によかったと思って」

思いがけず真剣な声音で言われて、アニエスは気まずさに小さくなる。

謝ろうとするが、その前にマロンが大きく鼻を鳴らして、エグバートをぐいぐいと押しやろうとした。

「ヒヒン！」

「チッ、馬の分際で、一丁前に嫉妬か？　アニエスはわたしの婚約者だぞ？」

「ヒヒーン！」

「エ、エグバート様こそ、馬と張り合わないでくださいよ」

アニエスはあわててエグバートの腕から抜け出した。

「ほら、湖に行くんでしょう？」

「うむ……」

気に入らないという顔でマロンを睨みながらも、エグバートはその場に膝を突いて「ほら」とアニエスを促してくる。

「え？　な、なんですか？」

「なにって、馬に乗るのに踏み台が必要だろう？」

自分の太腿をポンポンと叩きながら、エグバートは当然のように言う。

アニエスは大あわてで一歩退いた。

「だ、だからといって、殿下の足を踏み台代わりになんてできません！」

「別にいいだろう。かかとの高い靴を履いているわけでもないし」

「心情的に無理ですー！」

真っ赤になって言うと、エグバートはため息をつきながら立ち上がり……。

「きゃあああああ！」

アニエスを横抱きに抱え上げ、そのままマロンの背に押し上げてしまった。

「ふむ、こちらのほうが早かったか」

「いきなりそういうことをするのはやめてください！　心臓に悪い！」

「あなたがグズグズしているのが悪い」

堂々と言い切られて、アニエスは胸中で「キーッ！」となった。

控えていた使用人たちはその様子にくすくす笑い、ララとロイドなど「お熱いですねぇ」とからかってくる。

それにもやはり「キーッ！」となりながらも、アニエスはララから乗馬鞭(むち)を受け取った。

「では、行こうか」

メイドからバスケットと水筒を受け取ったエグバートは、先だって馬を歩かせる。アニエスが問題なくついてくることを確認すると速度を上げて、軽快な足取りで森へと入っていった。

「わあ……！」

美しい森の景色にアニエスは歓声を上げる。

やはり世継ぎに与えられる城のそばの森だけに、よく手入れされていた。湖へ続く道は馬車でも通れるほど広く、馬でのんびり行くのにも最適な広さだ。

余分な枝葉が切られた木々から注ぐ木漏れ日もきらきらしていて、徒歩で行っても充分楽しめるであろう美しさだった。

やがて見えてきた湖も、陽光を反射して水面がまぶしく輝いている。水もとてもきれいだ。魚も棲んでいるかもしれない。

「すごいわ。きれい……」

「気に入ったか?」

「はい!」

笑顔でうなずくと、エグバートも嬉しげにほほ笑む。

陽光を浴びる優しげな笑顔はどきっとするほど格好良くて、アニエスはあわてて顔を伏せた。

「せっかくだからボートでも出すか?」

「え? ボート?」

見れば湖のすぐそばに狩猟小屋が建っていた。おあつらえ向きにボートも用意されている。

よく管理されているのだろう。ボートの中はきちんと清掃されていて、木の葉一つ落ちていなかった。

「日傘は持ってきているか?」

「いいえ。でも、帽子を被っていますから」

日焼けを気にするタチではないので、アニエスはあっけらかんと答える。

エグバートはそれにも笑みを深めた。先にボートの乗り込みオールを端に避けると、アニエスに手を伸ばしてくる。

「揺れるから、縁に片手をかけながらゆっくり乗りなさい」

「はい……」

アニエスとしてはボートの縁を握るよりも、エグバートの手を握るほうが気恥ずかしい。

おずおず手を伸ばすと、彼はしっかりとアニエスの手を取り、ボートの中央へ導いてくれた。

「ボートが動いていても止まっていても、絶対に立ち上がらないように。いいな？」

「子供ではないのですから、さすがにそれくらいわかりますよ」

思わずむくれると、エグバートは「どうかな」と肩をすくめて、アニエスの向かいに腰かけた。

「では、行こうか」

上着を脱いで腕まくりしたエグバートは、力強くオールを漕いでボートを進ませる。

その速度が思った以上に速いことにアニエスはびっくりした。

「すごい……！」

全身を風が包んで、危うく帽子が飛ばされそうになる。帽子の縁をしっかり押さえながら、アニエスはボートが進むたびに生まれる波の大きさに歓声を上げた。

湖の真ん中にきたところで、エグバートはふぅっと息を吐いてオールを漕ぐのをやめる。

「ここからだとちょうど森が開けて、城がよく見えるんだ」

「え？　わっ、本当だわ」

振り返れば、英雄の城の全景がしっかり見て取れた。

森側から見る城は後ろ姿になるわけだが、それも計算に入れて建造されたのだろう。尖塔（せんとう）や飾り窓がいくつか見えて、後ろ姿であっても楽しめるようになっていた。

「小さなお城だと言われましたけど、こうして眺めるぶんにはちょうどいい大きさですね」

「そうだな。近くに街がない不便さもあるが、こうしてのんびりするには理想的だ」

二人はしみじみした気持ちで、初夏の光に照らされる城を見つめる。

ふと視線を感じて振り返ったアニエスは、エグバートがじっとこちらを見つめているのに気がついた。

「どうしたのですか？　……なにか顔についています？」

あまりに凝視されるのにぎょっとして、思わず頬のあたりを探ると、エグバートは「ぷっ」と小さく噴き出した。

「いや、そういうわけではない」

「そ、それならなんなのですか。じーっとひとの顔を見つめるなんて悪趣味です」

「臍を曲げてくれるな。ただ来年も、再来年も、こうして二人でここにこられたらいいなと思っただけだ」

アニエスはかすかに目を見開いた。

「それは……」

「……あなたにとっては不本意かもしれないが、わたしはできれば来年、再来年と言わず、一生あなたと添い遂げたいと思っている」

「殿下……」

「だから、わたしとの結婚のほうを、前向きに考えてみてくれないか？」

なんとも答えられず、アニエスは困った顔で黙り込む。

軽くうつむくと、ちょうどエグバートの胸のあたりが視界に入ってきた。

集中して彼のそこをじっと見つめるが、そこに渦巻いている色は、穏やかさを示す黄色だ。あの暗黒のどす黒いオーラは、思えばここ数日まったく見ていない。

（もうわたしに対して、怒ったり恨んだりしていらっしゃらないのかしら？）

そしてアニエス自身、エグバートから……そして神が定めた婚姻から、早く逃げなくてはという思いに駆られることは、最近ではほとんどなくなっていた。

（再会してからずっと素で接しているけど、彼がそれを怒ることはないし。むしろ親切にしてもらえるし……）

そう考えると、彼との結婚を回避する必要性は別にないのでは？　という気になってくるが。

そんなふうに考えたときだ。

「――王太子殿下――……！　アニエス様――……！　大変でございます――……！」

どこか遠くからこちらを呼ぶ声が聞こえてきた。顔を見合わせた二人は、城へ続く道のほうに目を向ける。

ドドドドド……という馬の駆け足の音が聞こえてきたのはほぼ同時だ。ほどなく木立を抜けて、一頭の馬が姿を現した。

「エグバート殿下ー！　アニエス様ー！　すぐにお戻りくださーい！」

馬上から声を張り上げたのは、遠目でも汗だくになっているとわかる王太子の従者、ロイドだった。

どうやら城からここまで一目散に駆けてきたらしい。

「なにがあった！」

エグバートもボートの上から声を張り上げる。

口を囲むように両手を丸く構えたロイドは、さらに大きな声で答えた。

「緊急事態です！　国王様が……国王陛下が！　倒れられたとの報せが入りました！　早急に王城に帰還しろとのご命令で――す！」

アニエスは大きく息を呑みエグバートを見つめる。

エグバートはこれ以上ないほど眉間に深く皺を刻んだが……すぐにオールを手に、岸へとボートを漕ぎだした
「悪いな。せっかくの外遊びだったのに」

「いいえ、そんなことはお気になさらないでください。それより早く行かなくては……っ」

国王陛下が倒れたなど、これ以上ない一大事だ。

しかしハラハラするアニエスと違い、エグバートはわずかに顔をしかめただけで至極冷静だった。

岸にボートを着けると、草をのんびり食んでいた二頭の馬が様子を察してすぐに近寄ってくる。

すぐに乗馬して城に戻ると、先に知らせを聞いていたのだろう。使用人たちがすっかり支度を調えて城門の前で待っていた。

大きな馬車が三台も連なっており、護衛のために王城から寄越されたという衛兵が十人ほど待機している。

「お急ぎください。すでに旅支度は整えてありますので」

「え？　い、いつの間に」

「こういう緊急事態に備えて、すぐに旅立てるように常に準備してあるのですよ」

ララとともにアニエスを世話してくれた二人の侍女が、にっこりと説明した。

「どうぞ、そのまま馬車にお乗りください。我々もすぐに追いかけますので」

「え、ええ」

「では、道中お気をつけて」

英雄の城の使用人たちが深々と頭を下げて見送る中、アニエスはあれよあれよと馬車に押し込められる。

馬車には先にララが乗っていたが、彼女もまた急な展開に驚いているようだ。

「さすが王太子殿下付きの使用人たちですね。不測の事態への対処が早いです」

「そういうことかしらね」

扉が外から閉められるなり馬車はすぐに走り出した。かなりの速度だ。

と、馬車の窓が外から叩かれる。騎乗したエグバートの姿を見て、アニエスはあわてて窓を開けた。

「忙しなくてすまないな。悪いが最初の街まで飛ばすから、舌を噛まないように気をつけてくれ」

「は、はい。わぷっ」

言われたそばから大きな石に乗り上げたようで、馬車が大きく弾む。辺境の城だけに、そこへ行き着くまでの道はさほど整備されていないらしい。

（そこは王太子殿下の城へ続く道として、きちんと舗装すべきではないかしら……⁉）

そう主張したくなるほどガタガタと激しい揺れに見舞われて、最初の街に着くまでアニエスもララもひたすら口を閉じて、揺れにじっと耐え続けたのであった。

＊　＊　＊

英雄の城から最初の街に到着するまで、ゆうに三時間はかかった。

そのあいだずっと馬車に揺られていた反動か、アニエスもララもいざ馬車から降りてもまだまだ地面が揺れているように感じて、足が震えて歩くことも困難だった。

ちょうど暗くなりはじめる時間帯だったので、その日は街の宿に一泊することになる。

アニエスもララもほとほと疲れていたので、食事を終えてあてがわれた部屋に入るなり、泥のように眠ってしまった。

そして翌日は日の出とともに起こされて、急いで朝食を詰め込み、また馬車に乗せられる。文字通りの強行軍だ。

「王城までは馬で三日、馬車では五日の旅になる。すまないが緊急事態ゆえに、休憩も本当に最低限しか取れない。そこはこらえてくれ」

馬車が出発する前にわざわざ顔を見せてくれたエグバートは、深々と頭を下げて許しを請うた。

いくら婚約者が相手とは言え、王太子が頭を下げるなどあってはならない事態だ。

アニエスは大あわてで「事情はわかっていますので気に病まないでください！」と声を張り上げた。

「それと……ここからの道は、それなりに舗装されていますよね？」

「ああ。もうガタガタ揺れることはない」

「それなら大丈夫です。たぶん」

とはいえ、休憩時間以外はほぼほぼ馬車に押し込められていたので、さほど揺れなくても消耗するのは間違いない。

アニエスはなんとかなったが、もともと乗り物にさほど強くないララは限界がきてしまって、出発から三日後にばったりと倒れてしまった。

急いですぐそばの街に寄ってもらって、ララを宿の一室に運び込む。

いつ嘔吐(おうと)してもいいように革袋を手にしたままのララは、寝台に横たわるなりめそめそと泣きはじめた。

「うぅ……申し訳ありません、アニエス様」

「ああ、無理してしゃべらなくていいから、ララ。わたしなら大丈夫よ。とにかくしっかり休んで。回復してからゆっくり追いかけてくれればいいから」

「はぁい……」

自分が世話する立場なのに、主人であるアニエスにかいがいしく世話されたせいか、ララは最後まで「情けない、情けない」と大泣きしていた。

そんなララを宿に置いておくのは気が咎(とが)めた。幸い、エグバートの護衛が一人残ってくれるというので、くれぐれもよろしくと言い置いて、アニエスは再び馬車に乗り込む。

後ろ髪が引かれる思いだったが、国王陛下の容態のこともある。今は先を急ぐしかなかった。


その日の夜。

「――すまないな。ララのほかにも世話係をもう一人くらい連れてくればよかった」

宿の一室に入り、ほっと一息ついたアニエスを、護衛たちの打ち合わせを終えたらしいエグバートが訪ねてきた。

「いいえ、わたしは基本、自分のことは自分でできるように教育されてきましたので」

特殊な立場ゆえに、誘拐されたり、逃げるうちに供の者とはぐれたりすることもあるかもしれない。そういうときに一人でも無事に戻ってこられるように、身支度の仕方や食事の用意など、あれこれ教えられているのである。

「へぇ……。女神の城ではそういうことも教わってきたのか。だからこそ逃走という思い切った手段も取れたのだろうが」

「うっ、それを引っぱるのは、そろそろやめにしません？」

「わたしもそうしたいが、婚約者に逃げられるという経験はそうそう味わえるものでもないからな。なにかあるとつい思い出して、からかいたくなるのさ」

「やっぱり意地悪だわ」

アニエスはむくれるが、エグバートの胸元に、からかって楽しいという心情の黄色のほかに、実はまた逃げ出すのではないかと恐れているような青色のオーラを見つけてしまう。

こういう緊急事態だけに逃げ出そうという気持ちはさらさらないのだが、エグバートのほうは恐れているのだと知って、アニエスはひどく申し訳ない気持ちになった。

「あの、本当に逃げ出したりはしないので」

相手を安心させたくて宣言すると、エグバートは少し面食らった様子だが、すぐにほっとした笑顔でうなずいた。

「そうしてくれると助かる。そうでなくても、気心の知れた侍女と離れて、心細くなっていやしないかと心配していたのだ」

「それは……お気遣いいただきまして」

「着替えも、手伝いが必要ならと思ってきたんだが」

アニエスの装いを上から下までさっと確認しながらエグバートが言う。

「お気持ちはありがたいのですが、一人で脱ぎ着できる仕様の服ですので」

こういう不測の事態も考えてのことだったのだろう。馬車にあらかじめ用意されていたトランクには簡素なドレスが詰まっていた。

コルセットも前で紐（ひも）を結ぶタイプなので、一人で簡単に着脱できる。

そのため手伝いはいりませんとはっきり伝えると、エグバートは「それは残念だ」と肩をすくめた。

「手伝いついでに、久々にふれあえたらいいなと思っていたのに」

「し、下心満載ではありませんか？」

「無論そうだが？」

そこは否定しないのか。おまけに楽しげな笑みを向けられ、アニエスは赤くなった。

「い、今はそんなことをしている場合でもないでしょう。国王陛下が倒れられたのですよ？　もっと、こう……心配で夜も眠れないとか、食事が喉を通らないとか、そういう感じではないのですか?」

仮に倒れたのがアニエスの父だったら、きっと自分は父のもとに駆けつけるまでハラハラし通しで、ずっと浮き足だった状態だろうと思うのだ。

しかしエグバートはこれにも肩をすくめてみせた。

「倒れた以上に悪いことがあるなら早馬でもなんでも知らせが入るはずだ。それがない以上、さほど心配はいらないということだろう」

「れ、冷静ですね」

「無駄に心配しすぎてもいいことはないというのもまた、戦場での学びだ」

エグバートはきっぱり告げた。

そのときノックの音が響いて、ロイドの声が扉から聞こえてくる。

「殿下、お食事をお持ちしました」

「うむ、入れ」

扉が開き、ロイドのほかにも衛兵が二人ほど入ってきた。彼らは一様に食事を載せたトレイを持っている。

「これまでの宿は小さくて、食事は食堂で一斉にという感じでしたから、落ち着かなかったでしょう。今宵(こよい)はどうぞ、のんびり召し上がってください。朝には朝食もお持ちしますので」

「まぁ、ありがとう!」

アニエスは心から礼を述べる。

大勢での食事も悪くなかったが、衛兵たちは大食いかつ早食いなので、アニエスもあわてて掻き込むことがほとんどだったのだ。部屋でゆっくり食べられるなら、そのほうが気楽なのは間違いない。

ただ運ばれた量は一人で食べるには多いものだ。テーブルに次々に並べられる皿にとまどっていると、ロイドが快活に説明した。

「殿下のぶんも一緒にお持ちしています。すみません、別の部屋に運ぶのは手間なもので、どうかご容赦ください」

確かに、アニエスとエグバートが泊まる部屋は三階だし、これだけの量をまた別の部屋に運ぶのは大変だろう。アニエスはうなずいた。

「久々にゆっくり食事ができるな」

エグバートも大勢での食事に少なからずうんざりしていたのだろうか。ロイドたちが出て行くなり嬉しげにつぶやいていた。

食事はとても美味しかった。衛兵がいない気安さも手伝って、ワインもいつもより進んでしまう。おかげで食べ終わる頃には、アニエスはすっかりいい気分になっていた。

「はぅ〜、このワイン、とっても美味しいれすねぇ」

「……アニエス、あなたは酒に強いのか？　あまり飲んでいるところを見たことがなかったが、大丈夫なのか？」

「ええ～？　人並みには飲めますよぅ。ただ、す～ぐ酔っ払っちゃうらしくて、ララには人前では飲むなって言われていたんれすぅ……ヒック」

「なるほど。その侍女も不在だから、箍が外れた感じか」

「箍なんて外れてませんよぉ、わたしはシラフです～！　……ヒック」

「わかった、わかった。可愛いから別にいいが」

満足そうにほほ笑まれるも、アニエスはむっとした。

「なぁにが可愛いれすか、殿下ってば！　ひとをからかって、おちょくって、いい気になっているなんて、男性としてサイテーれすよ！」

「はいはい」

「おまけにわたしを見て、すっごい真っ黒なオーラを出してくるし。わたしめちゃくちゃ……怖くて……大変だったのですかりゃ……ヒック」

するとエグバートは驚いた様子で目を見開いた。

「黒いオーラ？　なんのことだ、アニエス？」

しかしアニエスは答えられなかった。頭がふわふわして、身体をまっすぐにしていることができず、テーブルにずるずると突っ伏してしまう。

「殿下のばかぁ……きらいならきらいって言って、放っておいてくれればいいのにぃ……」

突っ伏してもなお、口から言葉は勝手に出てくる。

「あいにく、わたしはあなたをきらっては――」

「暗黒オーラの馬鹿王太子ぃ……！　ぜったい、ぜったい逃げてやるぅ……」

「まだ逃亡の意思があるのか」

エグバートがあきれたような声を漏らすが、もう眠りの中に片足を突っ込んでいるアニエスにはなにも聞こえない。思っていることをただ漏らすばかりだ。

「逃げて、逃げて、でも……迎えにきてくれて……暗黒オーラを引っ込めてくれたら……、……」

「引っ込めてくれたら？」

エグバートが聞き返してくる。

だがアニエスは疲れとワインの効果により、次のときには、すぴー……と平和な寝息を立てていたのであった。

第五章　王城へ

翌朝目覚めたアニエスは思わず悲鳴を上げていた。

同じ寝台で、なんとエグバートがすやすやと眠っていたからだ。

「どうして一緒に寝ているのですか！」

「ご挨拶だな……。昨夜、酔っ払って寝入ってしまったあなたを着替えさせて、寝台まで運んでやったというのに」

「うそ⁉」

思わず声を上げるアニエスを、身体を起こしたエグバートがまじまじ見つめた。

「ななな、なんですか」

「いや、酔いは残っていないようだと思って。酔っ払いやすいが二日酔いにはなりにくいという感じか。ある意味、楽しく酒が飲めるということだから、うらやましい体質だ」

「なんだか嫌味にしか聞こえないのですが」

「なにを言う。褒めているぞ」

本当に？　と首をかしげていると、ふとエグバートが真面目な顔でこちらを見つめているのに気がついた。

「今度はなんですか。顔になにかついています？」

「いや昨夜のこと、もしや覚えていないのか？」

「へっ？」

アニエスは急いで記憶をたどる。

ロイドと衛兵が食事を運んできてくれて、その美味しさにすっかりいい気持ちになったのは覚えている。ワインも進んで、普段より多めに飲んでしまったことも……。

だがそれ以上のことは覚えていなくて、アニエスは怖々とエグバートを見つめた。

「ええとわたし、なにか殿下のお気に障るようなことを言っていましたか？」

不敬と思われるようなことを言っていたとか……？　いや、そもそも酔い潰れて寝てしまって、着替えさせてもらったというのも、これ以上ない醜態だが。

だがエグバートは「覚えていないならいい」と素っ気なく言った。

「別に無礼なことを言われたわけではない。気にするな」

「いや、逆にとても気になるのですが……！」

「気にするな」

エグバートは重ねて言う。アニエスは（絶対によくないことを言ってしまったのだわ！）と、思わず頭を抱えたくなった。

「わ、わたし、顔を洗ってきますね……！」

気まずい思いから逃げたくて、アニエスは早々に寝台を降りようとする。

そこを、エグバートが背後からすかさず抱きしめてきた。

「捕まえた」

「きゃあああ！」

「そんなに急がなくても、もう少しゆっくりしていてもいいのではないか？」

「ぴゃ！」

首筋にちゅうっと吸いつかれて、アニエスは全身を跳ね上げる。

おまけに薄い夜着越しに胸のふくらみを掴まれた。アニエスは真っ赤になって抗議する。

「なにを考えているのですか、殿下っ！　朝っ、朝ですよ今！」

「朝だろうと昼だろうと、暇さえあればあなたにふれていたいものでな」

「駄目ですってばあああ」

アニエスの願いが通じたのか否か。ほどなく扉がノックされて「お目覚めですか、アニエス様、殿下。朝食をお持ちしました」というロイドの声が聞こえてきた。

「――ロイドさん、素晴らしいタイミングです！」

「わたしにとっては最悪だ。チッ」

エグバートは舌打ちしながらも、アニエスをようよう離してくれた。

そうして運ばれてきた朝食を二人で食べて、それぞれの部屋に別れて身支度を調える。

一時間後には、アニエスは再び馬車に揺られていた。

「それなりに飛ばしてきたから、夕方には王都に入ることができるだろう。城下の宿に使用人を待機させておくから、そこでまた身支度を調えてほしい」

「わかりました」

簡素な旅装で王城に上がってよいものかと心配だっただけに、アニエスはほっと安心した。

基本的に休憩以外は飛ばしていく旅だったが、エグバートは合間合間に声をかけて、不自由はないか、体調は崩していないかと気を使ってくれた。彼自身もずっと馬上で疲れているだろうに、それを見せないのは素直に感心するところだ。

そうしてひたすら走って行くうち、遠くに大きな町並みが見えてくる。女神の城の城下町とも、これまで通ってきた街とも比べものにならないほど、大きく広々とした街だ。

その一番奥には、両翼を大きく広げた鳥のように見える、王城がそびえ立っている。

「話には聞いていましたが……大きいお城ですねぇ」

大きく開けた窓から顔を出したアニエスは、思わずしみじみとつぶやいてしまった。

馬で隣を併走していたエグバートが「うむ」と顎を引く。

「王族の居室に加え、四つの大広間と二つの大食堂、議会場と会議室と資料室と、裁判所と大図書館も備えているからな。あれくらいの大きさにならざるを得ないのさ」

「はへ〜……」

ほかにもサロンや音楽室もたくさんあるし、奥には使用人たちの住まう棟や、厨房(ちゅうぼう)や洗濯場といった場所もある。さらに奥には騎士団の宿舎と鍛錬場(たんれんじょう)と馬場があり、広大な畑も広がっているというから、王城自体が一つの街と言っても過言ではないそうだ。

（王城という一つの街を囲むように、王都という大きな街が広がっているという感じなのね。端から端まで見渡せないほど広大なのも納得だわ）

そして、王都に入るには三つあるうちのどこかの門を通らなければならないらしい。エグバートは王城の正面にある南門から入っていくことを決めた。

「目立ちませんか……？」

「今は社交期で、こういう馬車を連ねてぞろぞろ入っていく貴族の列はめずらしくないからな。そしてわたしは帰国したばかりで、さほど顔を知られていない」

だから問題ないとエグバートが言っていた通り、門番と簡単なやりとりをしただけで、一行はあっさり中へと通された。

いざ王都に入ると騎乗しているエグバートより、馬車に乗っているアニエスのほうが注目されているように感じられた。どうやらどこぞのお嬢様が、わざわざ護衛を引きつれて領地からやってきたと思われているようだ。居心地が悪いことこの上ない。

「気まずく思う必要はないだろう。あなたは王太子の婚約者であり、それ以前に侯爵家の令嬢なのだから」

不思議そうなエグバートに対し、アニエスは「自分ではあまり令嬢という感覚はないのですよ」とため息をついた。

「ずっと田舎暮らしで、勉強以外は比較的自由にしてもらえましたし。貴族社会のことは王都に行けばいくらでも学べるから、むしろ幼少期は庶民の暮らしを学ぶべしという感じで、町歩きも気軽にしていたくらいですから」

「確かに、深窓の令嬢らしくはないな。だが」

アニエスに目をやったエグバートは、例の楽しげなにやりとした笑みを浮かべた。

「わたしはそんなあなたが好きだ」

あまりにさらっと言われたせいか、アニエスも「はぁ、どうも」という適当な返事をしてしまう。返事をしてから「⁉」と振り返ってみたが、エグバートは馬を進めて、先頭を行く護衛と話し合いをはじめてしまった。

（……不意打ちで『好き』という言葉を使うのは卑怯なのでは？）

おかげでろくな返事ができなかった。顔が真っ赤になって心臓がどきどきと早足にもなっていく。

（ぐぅ、遊ばれている気がする！）

だが文句を言う前に宿に到着してしまい、馬車から降りたアニエスはすかさず待ち構えていたメイドたちに囲まれて、あれよあれよと支度をさせられることになったのだった。

三時間後。王宮からやってきたきらびやかな馬車に乗り込み、アニエスとエグバートは王城へと足を踏み入れた。

（ふわぁー……見た目からして贅沢（ぜいたく）なお城だけど、内装もすごく豪華で華やかだわ）

王城の正面門から見上げるほどに大きな玄関扉をくぐって中に入ったアニエスは、吹き抜けの玄関ホールにも奥へと続く大階段にも、そこここに飾られた大きな絵画や美術品にも、驚嘆の表情を隠せなかった。

「絨毯（じゅうたん）もふかふか。窓もこんなに大きく取られて。すごいわ」

「どれもこれも値が張る物ばかりだ。もし我が国がどこかと戦争する事態になったら、これらを全部売り払って軍資金を作ろうと思う」

隣を歩くエグバートが情緒もなにもないことを言う。彼にとっては八年ぶりの我が家であろうに、特に懐かしい様子もなく淡々としているのが印象的だ。

それに彼の興味関心は美術品より、アニエスの装いにあるらしい。

「豪華なドレス姿ははじめて見るが、よく似合うな。青色のドレスにして正解だった」

「ありがとうございま、す？　もしかしてこのドレス、エグバート様が選んでくださったのですか？」

アニエスは思わず自分の格好を見下ろす。

宿で待っていたメイドたちがこれを着付けてきたので、なんの疑問もなく袖を通していたが、まさか王太子みずから選んだ一着とは。

(でも……とても趣味がいい意匠だと思っていたのよね)

ドレスは胸元が四角く開いていて、袖は肘までぴっちりと覆われている流行りの形をしていた。肘からは袖がふんわりと広がっており、襟元を飾るのと同じレースがのぞいている。しぼられた腰から柔らかく広がるスカートにもレースがたっぷり使われていて、贅沢ながらも可愛らしい、かつ品のある一着になっていた。

「もしかして宝石もエグバート様が選んでくださったものだったり……?」

「そうだが?」

「やっぱり！　お礼が遅くなって申し訳ありません」

「気に入ってくれたか?」

「はい。イヤリングもネックレスも、とても可愛らしいです」

銀の台座にサファイアが嵌まったネックレスを、アニエスは絹手袋に包まれた指先でそっとなでる。

目を細めてその様子を見ていたエグバートは、ぽつりとつぶやいた。

「……これからはドレスでも宝石でも、山のように贈らせてくれ」

「や、山のようには必要ないですよ。正直、この一式だけでどれだけのお値段だったかと考えて、動くのも緊張するくらいで」

ぎょっとするアニエスだが、視線を前に戻したエグバートは真面目な顔を崩さない。

「これまで十八年も、ろくな贈り物をせずにきたのだ。挽回(ばんかい)させてほしい」

あら、とアニエスは目をまたたかせる。

贈り物に関してはアニエスもなにもしなかったのだから、別に気にしなくていいのに。

(ロイドに自業自得だって説教でもされたのかしらね?)

いずれにせよ、アニエスはドレスや宝石は必要なぶんだけあればいいというタイプだ。もらえるなら、それよりも……。

「わたしはそういうものより、この前のようなボート遊びとか、一緒の食事とか、そういう時間を持つほうが好きです」

これまで彼と過ごした時間を思い出しながらぽつりと言うと、エグバートは意外なことを聞いたという様子でこちらに顔を向けてきた。

「な、なんですか?」

「いや。わたしと過ごす時間は、あなたにとっては不本意なものだろうと考えていたから、意外でな。わたしの顔を見たくないからこそ、逃げ出したわけだろう?」

「や、それは。わたしが殿下の顔を見たくないわけではなく、殿下が、わたしをきらっていると思っていたから」

しかし、エグバートの胸元にはもうどす黒い暗黒のオーラは見当たらない。アニエスをエスコートする足取りもゆっくりで、高いヒールの靴を履く彼女を気遣っているのだとはっきりわかる。

言いよどみうつむくアニエスに、エグバートは前を向いて告げた。

「わかっているだろうが、わたしはあなたをきらっていないし、湖で言ったとおり、ずっと添い遂げたいと思っている」

「……」

「さぁ、着いた。ここが国王陛下と王妃殿下の居室だ」

アニエスははっと顔を上げる。いつの間にか重厚な扉の前に二人は立っていた。

扉を守る衛兵が敬礼して、扉を左右にうやうやしく開いていく。アニエスはごくりと唾を呑み込み、エグバートともに入室した。

（国王陛下と王妃様……温厚で素晴らしい方々だと聞いているけど、実際どんな方々なのか――）

なにせエグバートの両親なのだ。彼に輪をかけて真面目で厳格な方々だったらどうしよう。

（いや、それよりも、国王陛下はお倒れになったわけだし。枕から頭も起こせない状態でいらしたら、お見舞いの言葉をどうかけたらいいのか……）

そんなことを悶々（もんもん）と考えつつ、奥まった場所にある居間に入ったときだ。

「――エグバートぉおお！　ようやく帰ってきてくれた！　わしは、わしはっ、おまえがいなくて本当に心細くて大変で、つらくて毎日泣くのを必死にこらえる日々だったのだぞぉお……！」

うわあああん、という泣き声まで聞こえてきて、アニエスは場所も忘れてぽかんと固まった。

隣にいるエグバートはうんざりした様子で、正面の寝椅子に目をくれる。

「それだけの声量で叫べる元気があるなら、まだまだ国王としてやっていけますね、父上。お元気そうなので、我々はもう失礼します」

「いやだあああ、行かないでくれぇ！　わし、国王でいるのは本当に無理ぃ……！　一刻も早く引退させておくれぇぇぇぇ！」

寝椅子の上で本気で泣きわめいている男性を前に、アニエスはぱちぱちと目をまたたかせた。

「……ええと、エグバート様、こちらの方が……？」

「ああ、残念ながら、我が父にしてこのロローム王国の現国王、カルム陛下だ」

ちなみに隣に座っているのは王妃殿下だ、と言われ、アニエスはちらっとそちらにも視線をやる。

寝椅子のそばに疲れた様子で座っているのは、アニエスの母と同世代らしい、ほっそりとした女性だった。

国王はもちろん王妃も部屋着にガウンという姿で、病人もかくやという雰囲気を醸し出している。

その胸元には落ち込みの紫のオーラが渦巻いていた。

だがエグバートは心配するどころか、これ以上ないほど眉間に深い皺を刻む。

「さっさと隠居して田舎でのんびりしたいからと言って、倒れたなどと偽ってわたしを呼び戻すのはやめてください。これまで会えなかった時間を埋めるべく、婚約者と親睦を深めようと思っていたのが台無しです」

「だってぇぇ……！　もう国王でいるの、いやなんだもんん……！　毎日毎日難しい案件がバンバン飛んでくるしぃ、貴族たちに決断を迫られるしぃ、人前に出るの怖くてきらいなのに、出なくちゃいけない行事もめちゃくちゃ多いしぃ……！」

「それが国王という者の務めです」

「だからそれがいやなんだってばあああ！」

うわあああん、と再び泣きわめく国王に、アニエスはあっけにとられる。

彼女の驚きを察してだろう。ハンカチを口元にあてていた王妃が「ごめんなさいね」と声をかけてきた。

「このひと、昔から重度のあがり症で人見知りで、引き籠もって暮らしていたい性分なのに、国王という立場に生まれついたおかげで、毎日の公務を必死にこなしていてね……。なんとかがんばってきたけれど、さすがに限界がきたみたいなの」

そういう王妃も、あまり人前に出てあれこれするのは好きではないようで、夫婦揃ってすっかり疲弊してしまったらしい。

せめて優秀で有能な息子が帰国するまでは……と踏ん張っていたそうで、いざエグバートが帰国したら、それまでの疲れが一気に噴き出して体調がガタガタと崩れはじめたそうだ。国王が倒れた原因も、長年の過労……というよりは、心労によるものだったらしい。

「いつもは陛下もここまでわがままではないのよ？　国王らしく、それなりに威厳を持って過ごしていたんだけれどぉ……」

「だって、だってぇ……！　もう我慢の限界だったんだもん！　家族の前でくらいわがままになってもいいでしょおおお⁉」

「わかりますわ、陛下……！　わたしも正直、王妃としてあれこれがんばるのに、もう疲れましたもの……！」

「うぅ、王妃ぃ……！」

「陛下ぁ……！」

涙ぐむ二人はどちらともなく、ひしっと熱く抱きしめ合う。

同じ引き籠もり体質同士、通じ合うものが昔からあったようで、お二人の夫婦仲はたいそうよいとのことだった。

（だからこそ、お互いに支え合って、ここまで踏ん張ってこられたのでしょうけれども）

まさか温厚な人格者と言われる国王夫妻の本当の姿が、こんな感じだったとは。アニエスはなんとも言えない生ぬるい笑顔を浮かべてしまった。

「とにかく！　英雄の城から戻ってきた使者からは、君たちがそれなりに仲良くやっていたという報告は受けているから！　さっさと結婚して、ついでに戴冠して、早く国王と王妃になっちゃって！」

王妃を抱きしめながらわめく国王に対し、エグバートは至極冷静に答えた。

「結婚式も戴冠式も、さっさとできるものではありません。わたしも帰国したばかりで、国内の人脈作りはこれからなのです。ずっと女神の城にいたアニエスもしかり。少なくとも、あと一年は王宮で踏ん張ってください」

「いーやーだあぁあああ！」

国王と王妃が二人して大声でわめく。その嘆きの大きさたるや、部屋の隅で控える使用人たちですら軽く引いている有様だ。

エグバートはこれ以上ないほど大きなため息をついた。

「とにかく、王宮舞踏会の当日までにはシャキッとなさってください。社交に関してはわたしが引き受けますので――」

「あ、そうそう、王宮舞踏会のことなんだけど」

エグバートがいやそうな顔をしつつも申し出たときだ。国王が突然なにかに気づいた様子で言葉をさえぎってきた。

「予定では明日、同盟国のリーリア王女がやってくることになっているから。しばらくうちに遊学したいんだって」

国王のさらっとした言葉に、エグバートはビキッと全身をこわばらせた。

「リーリア王女が遊学に……？」

おまけにゴゴゴゴ……と地鳴りでもしそうなほどに怒った雰囲気を醸し出す。

とっさにエグバートの胸元を見たアニエスは、そこに例のどす黒いオーラが渦巻いているのを見て

「ひぃっ！」と叫んだ。

（同盟国の王女様って、あの、エグバート様が暴力を振るったっていう例の方よね？）

英雄の城にいたときにも、かの王女となにかあったのかは尋ねたが、結局詳しいことは聞けずに終わった。

エグバートは『不貞は働いていない』と言うし、むしろアニエスに疑われて傷ついていたくらいだ。彼の性格的にも、二人のあいだに男女のあれこれがあったとは考えにくいのだが……。

（この暗黒オーラを見る限り、その王女様とは顔も合わせたくないという感じね）

男女のあれこれはなくても、そのほかのなにかはあった様子だ。そうでなければ、こんなに強い感情はにじみ出てこないはず。

「なぜ断らなかったのですか、彼女が我が国にくるのを」

「ひぃっ！　に、にらまないでおくれよ！　なんでと言われても、そもそも断る理由がないじゃないか。我が国の王太子が長く世話になったのだから、今度は向こうの王女が滞在するというのも、別に変なことではないしぃ……」

「滞在の目的が違うのでは？　わたしはかの国には戦力支援のために滞在しておりました。戦場に身を置いていたのですよ。それを姫君の遊学……と言う名の物見遊山と一緒にされては困ります」

「ま、まぁ、そうなんだけどぉ。向こうの国王が『ぜひに』って言ってきかなくてぇ」

「チッ」

父王相手でも容赦なく舌打ちを響かせて、エグバートはうなずいた。

「では滞在中の王女のお相手は父上と母上でこなしてください。わたしは婚約者との仲を深めることに忙しく、他国の王女をもてなす余裕はないので」

「そんな！　若者同士、そこはどうにか上手くやって――」

「それでは失礼します。我々も連日移動続きで、ゆっくりしたいので」

国王夫妻はやいやい騒いでいたが、エグバートは一顧だにせずに、アニエスの手を引いてさっさと退室していった。

「……い、いいのですか、出てきてしまって」

ずんずん廊下を歩くエグバートの背に問いかけると、彼は振り返らずに「いいんだ」ときっぱり答えた。

「自分たちがしでかしたことの尻拭いは、自分たちでやってもらないと困る。どのみち陛下たちがあれでは、王宮舞踏会を仕切るのはわたしになるだろう。この上で王女のもてなしなど考えていられるわけがない」

「お気持ちはわかりますが」

「あなたにもゆっくりしてほしかったが、そうもいかなそうだ」

歩調を緩めたエグバートは、アニエスに向き直ると「すまない」と軽く頭を下げた。

「あわただしくあちこちに連れ回すことになって」

「い、いえいえ、しかたないです、緊急事態ですし。それに」

先ほどの国王夫妻の姿を見て、アニエスは少しほほ笑んだ。

「あんな形ではありましたが、国王陛下と王妃様にお目通りできてよかったです。お二人のお人柄を知ることができて、少し……こう、肩の荷が下りたと言いますか」

もっと令嬢らしく、神に選ばれた花嫁らしくしなければならない——という気持ちからは、ずいぶん逃れられた気がする。

だがエグバートからすると、どこまでも頼りない両親という印象が強いようだ。

「確かに、異様に厳格だったり国王として完璧すぎたら、それはそれで大変だっただろうが……息子としては、もう少ししっかりしてほしいというのがまぎれもない本音だ」

「あはは。それはそうだろうなと思います」

「だが、おかげであなたが気楽になったというなら、結果的にはよかったのだろう」

エグバートはようやく表情を柔らかくした。胸元のオーラもあたたかな色になる。

それを見てアニエスもほっとした気持ちになり、自然と笑顔を浮かべていた。

王太子とその妃にあてがわれるという私室に移動する頃には、もう日も暮れかけていた。

王宮付きの女官の手を借りて食事や着替え、入浴を終えたアニエスは、さすがに疲れを覚えて、早々に床に就いたのだった。

＊　＊　＊

そして翌日――。

「王宮舞踏会に限っては、王族は招待客があらかた揃ったあとで、ラッパの音とともに出て行く決まりなの。そのあとはうんざりするほど長い挨拶の列に見舞われるけど、にっこりほほ笑んで『ごきげんよう』と言っていれば大丈夫だから！　気負わなくていいからね！」

「は、はい、かしこまりました」

「とにかく背筋を伸ばしてほほ笑んでいれば王族っぽく見えるものだから！　だから必要以上に緊張することはないのよ！」

「お、王妃様。それ、ご自分に対しておっしゃっていません？」

思わず言ってしまったアニエスに対し、王宮舞踏会の心得を並べ立てていた王妃はくわっと目を見開いた。

「そう！　そうそうそう、まさにその通りよ！　よくわかったわね。どうして？」

「いえ、そのように聞こえたもので」

タジタジになるアニエスに対し、王妃は「だって、そうでも思わないと、やっていられないんだものおお！」と、長椅子の肘掛けに突っ伏しておいおい泣き出した。

「陛下もそうだけど、わたくしも人前に出るのは本当に苦手で……。でも！　少なくとも今年の社交期を乗り越えれば、来年以降はあなたとエグバートががんばってくれるでしょう⁉　これで最後と思えば、なんとか奮いたつことができるの！　だからアニエスさん、今年の社交期で舞踏会の作法をばっちり覚えて、わたくしと陛下に楽をさせてちょうだいね……！」

「は、ははは、ええ、あの、善処します」

がしっと両手を握られ、顔を間近に寄せて懇願されて、アニエスは引き攣った笑みで目を泳がせる。

昨夜はおいおいと泣き崩れていた国王夫妻だが、もう少し踏ん張れば、あとは息子とその婚約者がどうにかしてくれると思い直したのか、一夜明けたら急に積極的になってきた。

アニエスは朝食を終えるなり王妃の部屋に呼ばれたし、エグバートはそれより早い時間に国王に呼び出されたらしい。

エグバートのほうは王宮舞踏会のみならず、重鎮との顔合わせや議会への出席などの予定も詰め込まれているようで、しばらくはアニエスと顔を合わせる時間もないだろうと思われた。

アニエスも舞踏会の作法や、主だった貴族の顔と名前を覚えることで大忙しだ。エグバートが一日でも長く英雄の城でのんびりしたいと言って意味が、しみじみと理解できたほどである。

（というか、このままだとわたし、なし崩しにエグバート様の妃になっちゃうわよね？）

彼との結婚を考えるための生活も唐突に終わってしまったし、結論を出せないままここまでずるずるきたことが、アニエスの性格的にモヤモヤしてしかたがない。

だが……女神の城を逃げ出したときに比べ、エグバートとの結婚を絶対に回避しなければ！　という気持ちも、ほぼほぼなくなっているのも事実。

（そのことをエグバート様に伝えがほうがいいのだろうけど）

エグバートは忙しいし、アニエスもやる気に目覚めた王妃に捕まったため、なかなか自由な時間は取れない。

そうこうしているうちに王宮舞踏会の当日がやってきて、アニエスはあわただしさが抜けないままに支度を調え、会場の控え室へと足を運んだのであった。


「王室の皆様はこちらで待機になります。どうぞお座りになってお待ちください」

「ありがとう」

女官に案内された部屋に入ったアニエスは、中央に円形の椅子が置かれた華やかな部屋にすっかり見入ってしまった。

「休憩室も素晴らしいわね。軽食も用意されているわ」

「――あなたの装いのほうがよほど素晴らしいよ、アニエス」

「わぁ！　エグバート殿下」

背後から唐突に声をかけられ、アニエスは本気で驚いて飛び上がった。

振り返った先には礼服をカチッと着こなし、髪を整髪剤で整えたエグバートが立っていた。

きらきら光る飾緒も、たっぷりとした緋色(ひいろ)のマントも、儀礼用の剣もなにもかもが似合っていて、アニエスは「うっ」と思わず目を覆いたくなる。

「ただでさえ顔がいいのに、眼福が過ぎる……！」

「あなたのその独特の言い回しを聞くのも久しぶりだ」

エグバートは楽しげに笑って、アニエスを正面から抱きしめてきた。

「わぷっ。エグバート様？」

「会いたかった。この三日、食事どころか顔を合わせることもなかったから」

飾りのないまっすぐな言葉に、アニエスはどきっと心臓を跳ね上げた。

思わず「わたしも」と言ってしまいそうになって、あわてて首を振って言葉を打ち消した。

「し、しかたないです、いろいろ忙しかったのですから」

「聞き分けのいいことを……。母上にべったり張りつかれて、いろいろ苦労しただろう？」

「えっ？　あ、あははは、そうですね」

悲しいことに否定できず、アニエスは指先をちょんちょん合わせながら素直にうなずく。

礼儀作法や儀式次第など丁寧に教えてくださった王妃様だが、ふとしたところで感情の箍が外れて、泣き出したり愚痴っぽくなることも多々あったのだ。

精神不安定になる地雷がどこにあるかわからず、アニエスは何度も途方に暮れることになった。

「国王陛下も似たようなものだった。本当に夫婦揃って厄介な……。迷惑をかけてすまない」

「い、いいえ。それに、たまにわめいたりなさる以外は、実の母のように本当によくしてくださいました。美味しいお菓子やお茶もいただきましたし、エグバート様の幼少の頃のお話とかもしていただいて」

「わたしの幼少期の話？」

エグバートの眉がピクリと上がる。

彼にとってはそれが地雷かと、アニエスはたちまち身構えた。

「あ、な、なにか聞かれるとまずいことでも？」

「……特にはないが」

「そ、そうですよね。意外と大きくなるまでおねしょが治らなかったとか、暑い中での鍛錬に耐えられず湖に飛び込んで溺れかけたとか、誰でもある話ですものね、きっと！」

「……」

笑顔で請け合うアニエスに対し、エグバートはすっかり表情を消して無言になっていたが……。

二人の空気が気まずくなる前に、休憩室の扉が開いて、よれよれの国王夫妻がやってきた。

「はぁ、はぁ、今から王宮舞踏会……！　そう考えただけで下痢が止まらん。どうしたらいいのだ、王妃よ……っ」

「ご安心ください陛下、わたくしも今朝から不整脈が止まりません……！　今回もなんとか、それらしい言動で乗り切りましょう……！」

はじまる前から倒れそうな国王夫妻を見て、アニエスは「さすがに大丈夫か？」と心配をふくらませる。一方のエグバートは「いつものことだ」としれっと言っていた。

少しもせずに開式の時間となり、大広間に続く扉が衛兵によって開けられる。

まさかエグバートと腕を組んで、王宮舞踏会にくる日がこようとは……。なんとしてでも逃げてやると思ったときには考えられなかった未来だ。

そのせいか、煌々（こうこう）と輝くシャンデリアの明かりも、集まった人々からの万雷の拍手も、あれが世継ぎの花嫁様……！　というささやきも夢のように思えて、不思議と浮き足立つことなくしっかり歩いて行くことができた。

国王夫妻に続いて王太子とその婚約者という順に入場したのだが、人々の視線は明らかにエグバートとアニエスに向いている。

そのためか、開式の挨拶に立った国王陛下はこれまでの弱々しい様子から一変、鷹揚（おうよう）な笑みを浮かべて堂々と口上を述べていた。

「この良き日にみなの顔を見られて大変喜ばしく思う。また今宵は王太子エグバートと、その婚約者アニエスを迎えての宴だ。みな、心ゆくまで楽しんでくれい！」

おおっ、と会場が大いに沸いて、拍手が鳴り響く。全員に乾杯用のワインが配られて、国王はにっこりほほ笑みながら杯を掲げた。

「我がロローム王国のとこしえの繁栄を祈って。乾杯！」

全員が笑顔で杯を掲げ、ワインを口に含む。アニエスもみなに倣って口をつけたが、エグバートの前でまた酔っ払いたくないので一口だけにしておいた。

その後は貴族たちの挨拶の列が続いた。

身分が高い順から並んでいくと聞いていたが、エグバートとアニエスに向ける人々の視線は、みな似たり寄ったりだ。好奇心に満ちていて、時折値踏みするような、観察するような心情を感じられる。

王妃直伝の慎（つつ）ましいほほ笑みで無難に対応していったアニエスだが、唯一、実の両親の挨拶にはぱっと笑顔になっていた。

「此度のデビューおめでとうございます、アニエス様。我がリーティック侯爵家一堂、大変喜ばしく思っております」

深々と頭を下げた父に挨拶され、アニエスは他人行儀の文句を少しさみしく思いながらも「ありがとうございます」と返す。

とはいえ両親も、相手が娘ということで少しお小言を言いたくなったらしく、

「僭越（せんえつ）ながら二度と、二度と、城を脱走するなどという恐ろしいことはなさりませんように……！」

と、しっかりくぎを刺してきた。

（そういえばお父様たちも心配していたとララが言っていたっけ）

今さらながらそのことを思い出したアニエスは「あー……善処します」と引き攣った笑みを浮かべながら、つい明後日の方向を向いてしまった。

救いはエグバートが口元を押さえてくつくつと笑っていたことか。

花嫁に逃げられた当の王太子がさほど怒っていないとわかったためか、侯爵家の人々は大いにほっとしたようで、そそくさと挨拶の列を辞していった。

挨拶が終わればダンスの時間だ。まずは王族が最初に踊る。

国王と王妃が手を取り合って出て行くのに続いて、アニエスもエグバートのエスコートでホールの中央に立った。

「ダンスは得意か？」

「人並み程度です。殿下は？」

「似たようなものだ」

エグバートはさらりと答える。

が、彼の言う人並みとは、きっと一般人が言う「得意」と同義語だろう。

実際に踊ってみたら、まさにその通りだった。人並みどころかエグバートのエスコートは至極スマートで、とても踊りやすい。

淡々と動いているから目を引く踊り手というわけではないが、一緒に踊るぶんにはこれ以上ないほど気楽なパートナーだった。

「エグバート様、これからはちゃんとダンスは得意だとおっしゃってください。すごくお上手ですよ？」

「そうか？　ダンスの教師を務めた者は『動きが直線的だ』と頭を抱えていたが」

「まぁ、それは確かに」

言われてみれば、エグバートのステップは歩幅も動きも模範通りで、遊び心が感じられない。

相手からすれば踊りやすい要因になっているのだが……あまりに動きが型にはまりすぎて、直線的と言われるのも納得であった。

（エグバート様の性格がそのまま表れているみたい）

そう思うと思いがけずツボに入ってしまって、アニエスは「ぶふっ」と小さく噴き出すなり笑いが止まらなくなる。

エグバートは少しむっとしたようで、女性を軽く持ち上げながらターンするところで、わざとアニエスを高々と持ち上げて見せた。

「きゃあ！」

「笑ったお返しだ」

「いきなりされるとびっくりするから、やめてくださいっ」

「いやだね」

「んもう、たまに子供みたいになるんだから」

思わず軽口をたたき合うと、二人の様子を見守っていた人々が途端に色めき立った。

「王太子様と婚約者様は仲がよろしいのね。ずっと離れて暮らしておいでだったのに」

「きっと戦場暮らしのエグバート殿下を、花嫁様が女神の城から常に勇気づけていらしたのだろう」

「まあ！　それなら王太子殿下の戦場での活躍も納得ですわ。婚約者から武運を祈られたら、誰だって奮起せずにはいられないでしょう」

　ほかにもさまざまな褒め言葉が聞こえてきて、アニエスは気恥ずかしさにうっすら目元を染めた。

「皆さん勘違いしていらっしゃるわ」

「勘違いした上で悪いことを言っているなら容赦しないが、よいほうに捉えてくれているのだ。わざわざ訂正しに行く必要はない」

　エグバートは涼しい顔で答える。もはやこの手のことに関して達観している様子だ。

　逆に言えばそれくらいの心持ちでいないと、王宮ではやっていけないということだろう。

　大変なのね……とどこか他人事のように感じつつ、曲が弦楽器の余韻を残しながら終わったので、アニエスとエグバートも互いから離れて深々とお辞儀した。

　すると、見守っていた人々から割れんばかりの拍手が送られる。

「素晴らしいダンスだったわ……！　王太子殿下もアニエス様も輝いていらして」

「仲睦（むつ）まじい様子を拝見できてよかった。ロローム王国の未来は安泰だな」

　安泰と言われましても、とつい思ってしまうが、それを顔には出さずに、アニエスはエグバートに促されるまま見物客にも笑顔でお辞儀してみせる。

　新たな曲が奏でられると、多くのひとがダンスホールへ入ってきた。

　アニエスたちは逆に輪から抜けて、歩み寄ってくる人々に挨拶する。

「わたしのそばにいれば、そうそう悪口を言われることはないだろう」

とエグバートがささやいてきたので、アニエスはなるほどとうなずき、彼と背中合わせに立った状態で客人たちと談笑した。確かに、誰も彼もエグバートの存在を気にしてか、当たり障りのない挨拶以外はなにも言ってこない。

そのおかげで問題なく過ごせていたが、一時間も経った頃、広間の扉のほうからラッパの音が響いてきて、全員が「何事だ?」と振り返った。

「皆様、ただいま同盟国であるイーデン王国より、第一王女リーリア殿下がご到着なさいました!」

高らかとした声が響いて、全員の視線が扉に集中する。そこには深紅のドレスに身を包んだ美しい姫君がたたずんでいた。

にっこりとほほ笑んでお辞儀するその姿に、近くにいた人々がたちまち感嘆のため息をつく。

アニエスも(わぁ、美人のお姫様)と見とれてしまうが、かたわらからゴゴゴ……という例の気配を感じて、思わず「ぴっ」と跳び上がりそうになった。

「エ、エグバート様、不穏な気配がめちゃくちゃ漏れ出ておりますよ……!」

「チッ……途中の街道で崖崩れがあって、到着は遅れると聞いていたのに、舞踏会に間に合ってしまったか」

「ああ、今到着したのは、そういう理由だったのですか」

国王夫妻からは、同盟国の王女はアニエスたちが挨拶した翌日には到着すると聞いていた。

しかしそれらしい報せはなにも聞こえてこなかったし、なによりエグバートが彼女の話題は出すなという雰囲気だったので、触らぬ神にたたりなしと思っているうちに、彼女の来訪予定自体すっかり忘れていたのだ。

「きれいなお姫様ですね。大輪のバラがそこだけ咲いているみたい」

「中身は毒婦だ。崖崩れを前に永遠に立ち往生していればよかったのに」

エグバートがアニエスにだけ聞こえるように吐き捨てる。だが放たれる負の雰囲気はほかの招待客も感じ取れているようで、なんとなく二人のそばから招待客がじりじりと下がっていった。

そのせいで二人の周りがぽっかり空いた。国王夫妻に挨拶に言った王女は、振り返るなりすぐにこちらに気づいて、まっすぐ歩み寄ってくる。

「お久しぶりね、エグバート。あなたが祖国に帰ってしまって本当にさみしかったわ。おかげで我が王宮は火が消えたよう。また近く遊びにきてちょうだいね」

信じられないほど気安い声かけに、アニエスはもちろん周囲の人々も目を見開く。

王女という立場だからかわからないが、それでも隣国の王太子を呼び捨てにするとは大胆な。

(おまけに遊びにきてと誘うとは。八年も戦争が続いたおかげで、エグバート様はずっと祖国から離れていたというのに)

なかなか図太そうな王女様だな、とアニエスはあっけにとられてしまった。

そしてエグバートも彼女のこういうところを毛嫌いしているのか、厳しい面持ちを隠しもせずに吐き捨てる。

「あなたの国ならともかく、ここは我がロローム王国の王宮だ。気安い言葉は慎んでもらおう」

「あら、わたくしったら。ごめんなさいね」

「それに、わたしは今婚約者とともにいるのだ。彼女に挨拶をしないどころか、一瞥もしないというのはどういう了見だ？」

（ひぃ～、怒ってる、怒ってる！）

正直、王女に無視されることよりエグバートからの怒りの波長を感じるほうが落ち着かなくて恐ろしいのだが。

当のリリーアニ王女は、言われてはじめてアニエスの存在に気づいたとでも言いたげに「あら」と目をまたたかせながら視線を向けてきた。

「ごめんなさいね、ちっとも気づかなかったわ。エグバートの婚約者にしては存在感が希薄だったものだから」

「……」

「リーリアと言います。よろしくね。あなたのお名前は？」

よろしくと言いつつ、王女が向けてくる視線には隠しきれない敵愾心が満ちていた。その胸元にも怒りや敵愾心を示す赤黒いオーラが渦巻いているし。

怖ぁ～……と思いながら、アニエスは笑顔を作ってお辞儀した。

「お初にお目にかかります、王女様。アニエスと申します。どうぞお見知りおきを」

「ふぅん、顔もそうだけど名前も平凡ね」

「リーリア」

エグバートがすかさず咎める声を漏らす。しかしリーリア王女はまったく応えていない様子で「せっかくだから踊りましょうよ」と、なんとみずからエグバートの腕に抱きついた。

「ふざけるな。なぜあなたとなど」

「あら、ロローム王国と我が国の結束の強さを示すいい機会じゃない」

エグバートは「どこがだ」と噛みついていたが、王女がぐいぐい引っぱっていくため、振りほどくほどの乱暴はできずに引きずられていった。

（押しの強い王女様だこと）

思わず唖然とするアニエスだが、周囲にいた人々から「大丈夫ですか？」と心配され、あわてて笑顔を取り繕った。

「ええ、少し驚いてしまいましたけれど」

「同盟国の王女様を悪く言いたくはありませんが、婚約者であるアニエス様を差し置いて、我が物顔で王太子殿下を引っぱっていくなんて。褒められた行いではありませんわ」

ぷりぷり怒る貴婦人たちを、アニエスは「まあまあ」と取りなした。

「お二人にもそれぞのお立場がありますもの。それより、今王都ではどんなものが人気になっているのですか？　ずっと田舎にいたので流行に疎くて。ご教示いただきたいです」

アニエスが話を振ると、貴婦人たちは「そういうことならば……」とうなずいて、広場の端の休憩スペースに彼女を案内する。

だが、そのおかげでリーリア王女はさらにエグバートにべったりになった。どんなに邪険にされても彼が行くところにすかさずついていく。もはやあっぱれと言いたくなる胆力だ。

結局、退場の時間になってもリーリア王女はエグバートから離れず、アニエスはなんとも言えぬもやもやした気持ちで、一人会場を離れることになったのだった。

第六章　きな臭い動き

「ごめんなさいね、アニエスさん。リーリア王女のせいであなたには苦労をかけるわ」

「いいえ……」

「本当ならエグバートのそばにいるのは君のはずなんだが、同盟国からは親書もきているし、おまけに宰相補佐が一緒にくっついてきていてね……。王女はとにかく、その宰相補佐との話し合いにエグバートの出席は欠かせなくて。本当に申し訳ない」

国王が疲れた様子でため息をつく。かたわらの王妃も「困ったものよね」と肩を落としていた。

王宮舞踏会の翌日となる今日は、朝からどんよりとした曇り空だった。

舞踏会の翌日は基本的になんの予定も入れないものらしく（参加者はだいたい夜遅くまで楽しんでいるし、使用人はその片づけに駆り出されるため）、アニエスも少し遅めに起きたあとはのんびりしていたが、午後に国王夫妻から「一緒にお茶をどう？」とお誘いを受けたのだ。

あてがわれた私室に備えつけられていた衣装室から、襟の詰まった淡いピンクのドレスに着替えたアニエスは、国王夫妻の私室に入るなり文字通り平謝りされた。

いくら私的な席とは言え、国王夫妻に頭を下げられるなんて恐れ多くて驚いてしまう。何度も「気にしていませんから」と答えたアニエスだが、おずおずと問いかけた。

「その、同盟国の宰相補佐はどういう内容の話し合いを持ってこられたのですか？」

「戦後補償というか、我が国からの支援内容に関する相談だよ。エグバートは『戦時中もさんざん支援したのだから、これ以上はむしろ過分だ』と主張しているが、同盟国側はごねていてね……」

砂糖たっぷりの甘いお茶をすすりながら、国王は困った様子で答えてくれた。

「ああ……英雄の城にいたときも、使者がそのようなことを伝えてきました」

「でしょう？　本当に相手側ったら、しつこいんだよね。正直僕もエグバートの主張に賛成だから、何度も丁重にお断りしているのだけど」

「丁重に、というところが悪かったのかしらね。ごねればなんとかなると思われたみたい」

王妃も眉をひそめながらつけ足した。

「まぁ、僕がエグバートみたいにはっきりズバッと言えない性格だから、舐めてかかられているというのもあると思うんだ」

「まぁ、陛下、そんな」

「いやいや、このことに関しては気遣ってくれなくて大丈夫。実際に僕、押しに弱くて」

「わたくしも……」

「逆に同盟国の国王は……まぁ、堂々とした方でね。思ったことはなんでも叶えたいタチだから」

（堂々と言えば聞こえはいいけれど、要は強欲でがめつくて、こうと決めたら譲らない面倒な方とい

うことね）

だからこそエグバートも使者相手にあれだけ厳しい態度を取ってきたのだろう。

だが敵も然る者で、使者を通してのやりとりでは埒が明かないと踏んだのか、宰相補佐を王女とともに放り込んできた、ということのようだ。

「同盟国の宰相補佐の方って、有能な方なのですか？」

「こうして乗り込んでくるくらいだからね、切れ者だと思う。そうなると僕が戦うのは難しいし、エグバートに任せておくのが一番だと思うんだ」

そのせいでエグバートは、今朝も早くに支度して会議室に詰めているという。今頃、会議室では重臣も交えて、喧々囂々としたやりとりが進んでいるだろうとのことだ。

「エグバートも気の毒よ。昨夜はリーリア王女にべったり張りつかれて……。あの王女ときたら、エグバートの私室にまで着いていこうとしたのよ？　アニエスという婚約者がいるのに見向きもしないで。さすがのわたくしも怒りが湧いて、王妃権限で即座に引きはがしたわ」

話すうちにむかむかした気持ちがよみがえったのか、王妃は手の中の扇をぎゅっと握りながら厳しい顔で告げる。気弱な王妃にここまでの顔をさせるのだから、リーリア王女の厚顔さは推して知るべしであろう。

「その王女もいつまで滞在するのやら……。滞在中の王女の相手は基本的に王族がすることになるけれど……」

そのときだ。まさに件（くだん）の王女から「王妃様にお目通りしたい」という希望が女官経由で届けられ、王妃は盛大なため息をついた。

「そういうわけだから、わたくしは行くわね。アニエスさんはどうぞゆっくりしていってね」

げんなりした面持ちながらも、王妃は王女をみずからの私室に通すよう言いつけ、すぐに部屋を出て行った。

それと入れ替わりに侍従が入ってきて、国王のほうにも用事だと告げてくる。国王は「舞踏会の翌日くらいのんびりしたい……」と嘆きながらも、とぼとぼと出かけていった。

（主人たちがいないお部屋に長居するわけにはいかないし、わたしも戻ろう）

お茶を飲み終えたアニエスはすっくと立ち上がった。

かといって、私室でのんびりするには夕食の時間までそう間がない。せっかくだから歩いて運動してこようと、アニエスは中庭に向かった。

王宮にはいくつか庭があるが、奥まった場所にある小さな中庭は王族専用の庭となっている。アニエスには特別に使用許可が出ていて、いつでも出入り可能となっていた。

入り口を守る衛兵に挨拶して中に入ると、夕方の涼しい風が入ってきて自然と口元がほころぶ。

風に舞い上がる金髪を抑えつつ、見頃を迎えた薔薇（ばら）が咲き誇る花壇の周りを歩いていくと、久々のゆっくりとした時間に心が落ち着くようだった。

（女神の城を逃げ出してからいろいろあったし、移動も続いて忙しかったものね）

だがアニエスがこうしているあいだも、エグバートは王太子として働いているのだ。もはや身体を壊さないか心配になってくるほどである。

「同盟国から王女様たちがこなければ、まだ違ったでしょうに」

「――わたくしがなんですって？」

「ひゃあっ⁉」

突如背後から声をかけられて、ぼうっとしていたアニエスは思わず跳び上がった。

「リーリア王女様……！」

「ご挨拶ね。ひとの声を聞いて跳び上がるなんて」

「すみません、驚いたもので」

丁重に頭を下げながらも（このひと、どうやってここに？）と考えてしまう。王女とは言え、他国の人間が招待なしに入れる場所ではないと思うのだが。

「あなたがこちらに入っていくのを見て、追いかけさせてもらったのよ。衛兵には止められたけれど。本当に無礼よね、一国の王女であるわたくしを通そうとしないなんて。王妃様たちに厳重に抗議すると言ったら、ようやく道を空けてきたけれど。まったく、教育が足りないこと」

「……」

もはやどこから突っ込んだらいいのかと思うくらいに問題だらけの発言だ。アニエスは（この王女様に常識を求めるのは無理なのかも）と思いながら「そうですか」と無難にうなずいた。

「そうですか、ではないわよ。このわたくしがせっかく追いかけてきたというのに」

「はぁ。では、どのようなご用事でしょうか？　そもそも、王女様は王妃様のところへいらっしゃったと思うのですが」

「あの王妃は駄目よ。顔を合わせるなり、いきなりお説教してくるんだもの。窮屈ったらありゃしない。それならあなたと話していたほうがまだ楽しいと思うじゃない？」

「……」

「それに、あなたにとっていい話も持ってきてあげたわけだし」

（わたしにとって、いい話？）

あやしすぎる……だが興味も引かれて、アニエスは少し視線を上げた。

「どういった内容かうかがっても？」

「ええ、もちろん。あなた、エグバートとの結婚がいやすぎて、一度は住まいの城を脱走したのでしょう？」

「えっ」

アニエスは思わず目を見開く。すぐに「しまった」と口元を押さえたが、とっさのことで白を切ることができなかった。

「うふふ、別にそれを咎めるつもりはないわ。でも、結婚間近になって婚約者に逃げられた、なんて。エグバートを心酔する王宮の人々に聞かせたらどう思うかしらね？」

アニエスは青くなりかけるが、かろうじて冷静さを保った。

「……わたしが逃げ出したのは、ご立派な王太子殿下に自分は釣り合わないのではないかという不安に負けてしまったからです。エグバート様に問題があったわけではありません。ですから、あの方の評判を落とすようなことを広めるのはやめてください」

「健気なことを言うのね。それなら、そういうことにしておいてあげる。……どのみち、自分は彼の隣に立てる器ではないとわかっているなら話は早いわ。ねぇ、エグバートはわたしにちょうだい？」

肉感的な身体ごとずいっと迫られてささやかれ、アニエスは耳を疑った。

「は、はい？」

「んもう、察しが悪いわねぇ。彼の隣に侍る権利をわたくしに寄越せと言っているのよ」

腰に手を当てた王女は「でもね」と蠱惑的にほほ笑む。

「別に婚約破棄をしろとは言わないわ。古式ゆかしい方法で選ばれた花嫁を引きずり下ろそうと思うほど、わたくしも罰当たりじゃなくてよ？」

自信満々に言ってのける王女に対し、アニエスの頭の中は疑問符だらけだ。

（つまり、どういうこと？）

という心情が顔に出ていたのか、リーリア王女はにやりとほほ笑んだ。

「つまり、あなたはお飾りの王太子妃になればいいのよ。国家行事とか、人前に出るときはエグバートと並んで王太子妃として働くけど、その影でエグバートの寵愛を受けるのは、このわたくしになる

という わけ」

自身の胸元に手を当てて、リーリア王女はにっこりほほ笑んだ。

「愛人や愛妾という立場になるのは屈辱ではあるけれど、ロローム王国の世継ぎの花嫁選びが特殊であることは大陸中が知っているから、正妃になれなくてもしかたないの一言で終わるでしょう。むしろ両国の末永い平和のために、あえて日陰者の立場を受け入れた——ということで、わたくしの株は上がるでしょうし」

ペラペラと語るリーリア王女に、アニエスはあっけにとられる。いっそ別れろと言ってもらったほうが倫理的だと思うほど、王女の提案は想像の斜め上を行っていた。

「あなたはもともとエグバートと結婚したくなくて逃げたのでしょう？　でもここにいるということは、逃亡は失敗に終わり、無理やり結婚させられるまでの秒読みに入っているというわけよね？」

「いえ、そういうわけでは……」

「いいのよ、無理に取り繕おうとしなくて。愛もない相手に嫁ぐなんていやよね。でも安心して。わたくしがいれば、あなたは人前に出るとき以外はのんびりできるわ。エグバートの……いわゆる『男としての部分』は、わたくしがちゃあんと満足させてあげるから。心配しないで」

親しげに顔を寄せてほほ笑んでくる王女に、アニエスはなにも言えず口をつぐむ。

それを了承と受け取ったのか、リーリア王女は「聞き分けのいい子は好きよ」と片目をつむった。

「じゃ、そういうことだから。ごきげんよう」

ひらひらと手を振って、リーリア王女は踵を返す。

同時に入り口から、衛兵が鎧をガチャガチャ言わせながら走ってきた。

その先頭で「王女様！　勝手に入られては困ります！」と叫んでいるのは侍従長だ。おそらく衛兵から助けを求められ、あわててやってきたのだろう。

「大変失礼いたしました、アニエス様。なにか王女様とトラブルになってはいらっしゃいませんか？」

リーリア王女が衛兵に挟まれて出て行くのを見送ってから、侍従長が恐縮した様子でアニエスに尋ねてくる。

半ば呆然としていたアニエスはハッとして「ええ、大丈夫」とうなずいた。

「それならよかったのですが……。王太子殿下がおっしゃるには、リーリア王女様はかなりしたたかな方だそうです。同盟国でのエグバート様との出来事を盾にとって、我々を脅したり我を通そうとするかもしれないと、ひどく警戒しておられました。アニエス様もお気をつけください」

「え、ええ。ありがとう……」

侍従長の言葉にどきっとしながら、アニエスはうなずく。

侍従長の言う『同盟国での出来事』というのは、エグバートが同盟国の滞在中に、リーリア王女に働いたという乱暴に関係があるのだろうか？

詳しく聞きたかったが、何度も「申し訳ない」と頭を下げる老齢の侍従長を問い詰めるのも気の毒な気がして、アニエスはなにも言えなくなる。

だが……こうもいろいろな出来事が続くと、さすがにむかむかとおもしろくない気持ちが湧きあがってきた。

（王女様の存在自体もそうだし、言っていることもそうだし、エグバート様とのあいだになにがあったかも不明だし。……考えるほど、なんだか腹が立ってくるー！）

エグバート本人に尋ねるのが一番いいと思うのだが、あいにく彼も職務に忙殺されている。

デリケートな内容だし、二国間の事情も絡む問題だから、気楽にあちこちに聞き回るわけにもいかないし……。

「……んもおお、腹が立つー！」

もやもや、むかむかする気持ちがどうにも抑えきれずに、部屋に戻ったアニエスは一人になるなり、つい大声で叫んでしまうのであった。


夕食を取り、入浴し寝支度を整えても、腹の中は収まらない。

とはいえ世話をしてくれるメイドや女官に悟られると心配をかけてしまうので、アニエスは平静を装って寝室に入った。

「それではアニエス様、おやすみなさいませ」

「ええ、おやすみ」

一礼してメイドたちが出て行くのを見送ってから、アニエスは行儀悪く寝台に大の字に倒れ込む。

「とても眠れる心境ではないわ」

はぁ、とため息を吐き出しながら、とりあえず寝台の上をゴロゴロして時間を潰した。

一時間もすると、メイドたちが片づけなどに動き回る物音も聞こえなくなる。アニエスはゆっくり身体を起こし、椅子に引っかけてあったガウンに袖を通した。

「少し夜風に当たろうかしらね……」

寝室の窓からは広々としたバルコニーに出られるようになっている。そっと窓を開けると涼しい風が全身を包み、煮え切らない感情でもやもやする頭を冷やしてくれるようだった。

「わぁ、城下町が一望できるのね。すごいわ」

まだ真夜中前だからか、城下町の一部は煌々と明かりに照らされてまぶしいくらいだ。逆に住宅街のほうは明かりがまばらになっており、就寝していることがわかる。

人々の営みがちょうど移り変わる時刻なのだなと思いながら、見るともなく夜景を見ていると。

ガッ！　と聞き慣れぬ音が足下から聞こえて、アニエスはとっさに下を見やる。

すると、バルコニーの柱にぶら下がる形で、エグバートがこちらを見上げているのとばっちり目が合った。

「きゃあああああ！」

さすがに驚きすぎて悲鳴が抑えられない。思わず跳び上がって窓に張りつくと、腕の力だけで手すりをよじ登ってきたエグバートが「静かに」と注意してきた。

「し、し、静かになんてできませんよ！　どこから登っていらっしゃるのですか！」

「下の部屋からだ。私室の前であの王女が待ち伏せているとの知らせが入ったからな……。かくまってくれ」

「かくまうって」

　悪者から逃げているわけでもあるまいし……と思ったが、エグバートにとってリーリア王女は悪い者よりずっとタチの悪い存在なのだろう。バルコニーに降り立つなり「はぁ～……」と特大のため息をついていた。

「……と、とにかく入ってください。冷えてきましたし」

「それを言うならあなたもだ。こんな薄いガウン一枚で外に出るな。不用心な」

「そ、外と言っても私室のバルコニーだから、いいではありませんか」

「悪い男が手すりを登って忍び込んできたらどうする」

「そんな真似をするのはエグバート様くらいなものですよ！」

　喧々と言い合いながら寝室に入るが、窓をパタンと閉めるなり、エグバートはぎゅっとアニエスを抱きしめてきた。

「で、殿下……」

「舞踏会ではすまなかった。放っておく形になってしまって」

アニエスの肩口にひたいを埋めながら、真摯な声で謝られる。エグバートなりに気に病んでいたのだとわかって、アニエスは少しほっとした気持ちになれた。

「あの王女様の押しの強さでは、しかたないですよ」

「……あなたは聞き分けがいいから、すぐにそうやって我慢するが、ここははっきり『いやだった』となじってくれていいところだ。本当にすまない」

「いえ……」

アニエスは首を振りかけるが、なぜか、急激に熱い感情が込み上げてきて、止める間もなく涙まで出てきてしまった。

「す、すみませ……っ」

自分でもなぜ泣くのかわからず、アニエスはあわててエグバートから離れようとする。しかし彼は逆にもっとアニエスを引き寄せ、くちびるを重ねてきた。

「んっ」

これまでの口づけはとまどうほうが多かったのに、このときばかりはほっとした気持ちのほうが大きくて、アニエスはおずおずとエグバートの腕を握って目を伏せた。

「……ああ、アニエスの香りだ。落ち着く」

口づけを解いたエグバートは、そう言って再びアニエスの肩口にひたいを埋めてきた。

「か、香りで落ち着くのですか？」

「あの無礼王女は香水がきつすぎる」

「ああ」

言われてみれば、中庭で顔を合わせたときも薔薇の香りが強かったような。花壇にも薔薇が咲き誇っていたので、気にはならなかったけれど。

抱擁を解いたエグバートは、涙の残るアニエスの目元を指先で拭いながら、心配そうな目を向けてくる。

「中庭であの王女と顔を合わせたと侍従長から報告を受けた。その様子だと、やはりよくないことを言われたみたいだな」

「それは、まぁ……」

思い出すだけでむかむかしてくる。

だがリーリア王女の素っ頓狂な提案以上に、二人の仲の真相のほうが気になって、アニエスは思い切って問いただした。

「以前もうかがいましたけど、同盟国に滞在中、あの王女様とエグバート様のあいだには、いったいなにがあったのですか？　エグバート様が王女様に乱暴を働いて、自主的に謹慎したという話は聞こえてきましたが」

当時のことを思い出したのか、エグバートは至極いやそうにしながらも、今度ははぐらかさずに答えてくれた。

「事実だ。一年前、わたしはリーリア王女を突き飛ばして、怪我を負わせてしまったのだ」

「つ、突き飛ばした？　いったいどうして」

「王宮舞踏会が開かれていた夜のことだ。客室に引き上げて眠っていたわたしのもとに、リーリア王女がしのんできたからだ」

「な……」

アニエスは目を見開いて絶句した。

「し、しのんできた、というのは、つまり……」

「裸になって、わたしが眠る寝台に入り込んできたのだ」

「うわぁっ、ちょっとそれは想像以上」

夜着姿で寝室を訪ねていった程度のことかと思ったら、事態はもっと深刻だったらしい。

「わたしはそのとき体調を崩していた。舞踏会の最初の乾杯で飲んだワインがやけにピリピリした味で、飲み込まずにいたのだが……どうやらそこに興奮剤だかなんだかが仕込まれていたらしい。中途半端に舌にふれたのが悪かったのか、気分が悪くなって早々に会場をあとにしたのだ」

リーリア王女はこっそりそのあとをつけて、部屋付きの従僕やメイドを脅したり買収したりして、寝室まで入り込んだらしい。その場で即座に全裸になると、エグバートが横になる寝台へ入っていったとのことだ。

「み、未婚の王女がやるとは思えない、ふしだらな行為だわ……！」

「その通りだ。おまけにわたしが早々に目覚めたと見るや、彼女は大声で悲鳴を上げて、わたしに襲われたとわめき散らした」

「うわぁ」

「あらかじめ王女に買収されていたメイドがなだれ込んできて、かなりの大騒ぎになってな」

「なるでしょうねぇ」

おまけに寝ぼけていたエグバートは、王女の突然のわめき声と寝所に誰かがいる事実に本能的に敵襲を疑い、王女を容赦なく突き飛ばしたそうだ。

そのせいでリーリア王女は寝台から落ち、床に頭をぶつけてコブを作ったらしい。

「おかげで『王女を寝台に引きずり込みながら、抵抗されたことに腹を立てて突き飛ばした』と解釈されてしまったのだ」

「最悪ですね」

「人生最大の悪夢だった」

エグバートは重々しくうなずいた。

「通常そんなことになれば、罠（わな）に嵌まったとわかっていても王女を娶らねばならないものだ。だが幸いにして、わたしにはあなたという婚約者がいた。我が国における世継ぎの花嫁は、神託によって選ばれる神聖な存在。我が国の繁栄と王家の存続のためも欠かせない存在だ。それは同盟国側も充分に承知していた」

「自分のことを語られていると思うと気恥ずかしいのですが……まぁ、そうですね」

「だから同盟国側も、わたしに婚約者と別れて王女を娶れとは言わなかった。代わりに、王女を側室として侍らせろと言ってきた」

「うわぁ……。でも同盟国側としても、そのあたりが落としどころと判断した、ということですよね。王女を傷物にされて、なにもなかったというのはありえないですから」

「言っておくがわたしは王女をつき飛ばして少々のコブを与えただけで、それ以上のことはやっていないぞ？」

「もちろんわかっています。でも一般的な見解として、王女様が清らかな身であると言いがたくなったのは事実です」

「まぁな。だからこそ同盟国の国王も責任を取れと言ってきたのだろう」

対するエグバートは、自分は嵌められたのだと頑として主張し、逆に同盟国側に謝罪を求めた。

リーリア王女とはいっさいなにもなかった、むしろ寝込みを襲われるようなことをされて、これ以上ないほど腹が立っている。リーリア王女が自分の非を認めない限り、絶対に戦場には出ないと宣言したのだ。

「それで表向きは騒動を起こしたことを反省し、自主的に謹慎するということにして、あてがわれた離宮から一歩も出ない籠城作戦に出てやったのだ」

「ははあ……。でも、そうなると困るのは同盟国側ですよね。八年間、同盟国が隣国との戦争でずっと優位を保っていられたのは、エグバート様の一騎当千の活躍があったからでしょう？」

「ふむ……他人の口からそう聞かされると、面はゆいというか気まずいというか、そうたいそうなものでもないのにという気分になるな」

現に恥ずかしかったのか、彼の胸元にめずらしく薄いオレンジと赤が混ざったオーラが出てくる。

いや、充分にたいそうな成果を上げていらしたと思うけれど……とアニエスは胸中で突っ込んだ。

「そして実際に戦局が不利になったようでな。同盟国の国王もなかなかしたたかな男だから、一転して謝罪してきたのだ。リーリア王女がわたしに懸想するあまり暴走した結果なので、全面的にこちらが悪い、心から謝罪するので、再び戦場で力を貸してほしいとな」

「見事な手のひら返しですね」

「代わりにこれまで以上に働かなければどうのこうのと、脅してくるのも忘れなかったけどな」

「なんてこと……！　エグバート様はその時点ですでに七年も働きっぱなしだったというのに」

「そうやって憤ってくれるのはあなたくらいなものだ。この件に関してはわたしの危機意識が足りなかったと、ロローム側からもかなり批難されたからな」

「そんな」

異国の最前線で戦う世継ぎ相手に、それはいくらなんでもひどい対応ではないかと、アニエスはより憤った。

「どう考えても悪いのはリーリア王女なのに……！　一般常識を逆手にとって、婚約者もいる男性の寝台に裸で入り込んだ上に、襲われたと主張するなんて！」

中庭での提案もずいぶん常識外れだと思ったものだが、このハニートラップに比べれば可愛いものに思えてくる。

それにしても。

（過去にエグバート様にそんなことをして激怒させているのに、まだ自分が彼の愛人になれると思っているあたり、本当に厚顔なお姫様だわ）

アニエスははぁっとため息をついた。

「あなたもあの王女に、なにかとんでもないことを言われたようだな」

「ええ。わたしにお飾りの妃になれとおっしゃっていました」

「は？」

エグバートの声のトーンが一段も二段も低くなる。

とっさに彼の胸元に目をやると例のどす黒いオーラがゆらっと見えて、アニエスは（いつ見ても怖いわ、このオーラ）とひそかに震えた。

「ええと、両国の和平のために甘んじて愛人の立場を受け入れてあげる、という感じで……表向きわたしが王太子妃でいるけど、裏では自分がエグバート様の寵愛を受けるから、という」

「……どこからその発想が出てくるんだ？」

「わたしも謎ではあるのですが」

だが妙な薬を盛った上で裸で寝台に入っていく行動力の持ち主だ。今すぐには無理でも、時間をかければエグバートを落とすことなど簡単と考えているのかもしれない。

「考え方が無駄に前向きで理解できないな……。だがアニエスを害したり、どこか遠くへやったりすることは考えていないようだな。それくらいの強硬手段に出てもおかしくないと思えるが」

「あ、それはたぶん、わたしが女神の城から脱走を試みたことを知っていたからだと思います。王女様はわたしがエグバート様をきらって逃げ出したと思っていたから」

「なんだってっ？」

エグバートはぎゅっと眉を寄せた。

「なぜあの王女があなたが逃げ出したことを知っているのだ？　最低限の人間にしか知られないよう、捜索の数もしぼったのに」

「あ……言われてみればそうですね」

エグバートはアニエスが失踪したことを世間に知られないようにするため、大規模な捜索を拒み、みずから街に出て彼女を捜し回っていたのだ。

おかげでアニエスが逃げ出した事実は女神の城の人間と、英雄の城にいた人間の一部しか知らない。国王や王妃ですら知らないことを、なぜ他国のリーリア王女が知っているのか。

「情報が漏れるのはある程度しかたないとして、他国の人間が知っていたというのは注意が必要だな」

顎に手を添えながらエグバートは慎重な声音でつぶやいた。

「教えてくれてありがとう、アニエス。そして王女のせいでいやな気持ちにさせてしまってすまない」

「エグバート様が謝ることではありませんよ。むしろエグバート様も結構な被害者だと思いますよ？」

「そう言ってくれると少し気が楽になるな」

エグバートはふっとほほ笑み、それからアニエスを再び抱きしめた。

「エグバート様……？」

「わたしが妃にしたいのはあなただけだ。それは絶対に揺るがない。リーリア王女になにを言われようとな」

力強い言葉に、アニエスはどきっと胸を高鳴らせる。

だが同時に、不安のような不満のような気持ちも湧きあがってきた。

（それは、わたしが神に選ばれた花嫁だから？）

アニエスを娶るのは単なる神託の花嫁だから――。

（……という理由だけとは、さすがに思いたくはないけれど）

だがそれを確認するのも少なくない勇気を必要とすることで……アニエスは結局、エグバートの気持ちを掘り下げて聞くことはできなかった。

エグバートが疲れた様子で眉間を揉んでいたというのもある。とにかく早く休ませてあげたいと思って、アニエスはエグバートの背をそっと寝台のほうに押した。

「もうお休みになってください。明日もどうせ早起きしての会議でしょう？　少しでも眠らないと」

「あなたと一緒にいるのに、なにもせずに眠るなどできると思うか？」

「えーと、そこはおとなしく眠っていただいて」

アニエスが斜め上を見ながら言うと、エグバートは小さく噴き出し、小刻みに肩を揺らした。

「あなたのそういうところがとても好きだ。癒やされる」

「こんな会話に癒やしを求めるのもどうかと思いますけど」

アニエスは本気でそう思うのだが、エグバートは楽しげに笑うばかりだ。

彼はアニエスの肩を抱いて一緒に寝台に乗り上がると、これ以上の会話は不要とばかりに口づけてくる。

感じやすい耳のあたりをなでられながら深く口づけられると、アニエスもついくらくらしてしまって……。

結局おとなしく眠るだけには収まらず、アニエスは久々のふれあいに、絶え間なく甘いため息を漏らし続けたのだった。

＊　＊　＊

翌日もその翌日も、エグバートは朝から晩まで議論をしたり議会に出たり、重臣たちとの打ち合わせやら会食やらで、息を継ぐ間もない忙しさだった。

そして夜になると私室には戻らず、アニエスの私室の下の階、あるいは隣の部屋から、寝室のバルコニーへやってくる。

どうやら私室は現在、リーリア王女が待ち伏せしているのに加えて、ちょっとした会議室のようになっているらしい。滞在しているとどうしても執務のことがちらつき眠れなくなるそうだ。

アニエスの部屋なら心置きなく眠れる……と本人は言っているが、朝はアニエスが目覚めるより先に身支度を調え、バルコニーから私室へ戻っていくのだから、本当に休めているか甚だ疑問である。

アニエスはアニエスで、昼間は茶会や音楽会など貴婦人の催しに顔を出していた。

だいたいは王妃と一緒だが、王妃がひとたび体調を崩したり自信をなくせば一人で行かざるを得ず、まだ全員の顔と名前が一致していないだけに気を遣うことも多かった。

おかげで王宮舞踏会から五日もするとげっそりしていたのだが――突如、エグバートが「明日は休暇だ」と宣言してきた。

「休暇、が取れるのですか？」

一緒に眠るのがすっかり習慣化した寝台の上で、アニエスが目を丸くして聞き返す。

「もぎ取ってきた、と言ったほうが正しいな。同盟国の宰相補佐との話し合いが一区切りついて、お互い一日は熟考の時間に充てようということになった」

「休戦みたいなものですか」

「その通りだ。正直な話、ここ二日の話し合いはほとんど平行線で、なんの進展もなかったからな。

お互い頭を冷やす時間も必要だ」

冷やしたところでこちらの主張を変える気はないがな、とエグバートはぼそっとつけ足した。

「ということで、明日はわたしもあなたも休暇だ。城下に出てみないか？」

「えっ、いいのですか？」

「わたしもこの目で王都を見ておきたいし。視察ついでだ」

王都にやってきてからずっと城に籠もりきりだったので、視察ついでだろうとなんだろうと街を歩けるのは嬉しすぎる。

「馬車で行くのですか？　それとも馬で？」

「馬のほうが小回りが利いていいだろう。あなたは乗馬も問題なくできるし」

「わぁ、楽しみです」

両手を打ち合わせてにこにこするアニエスに、エグバートも笑顔になった。

「それなら、明日はまた早起きしないとな」

「……それなのに抱き寄せてくるのはどういうことですか、殿下？　……ちょっと、どこをさわっているのですか」

緩く抱き寄せられたかと思ったら脇腹のラインをたどられて、アニエスはとっさに逃げようとする。

だがエグバートはそれをあっさりと捕まえて、早々にアニエスを組み敷いた。

「悪いな。ここ数日であなたにふれていないと落ち着かない気質になった」

「そんな気質にならないでくださいっ。……待って、駄目ですって……あっ」

翌日、乗馬服に身を包んだアニエスは、王国騎士の制服を着込んだエグバートとともに街へ繰り出した。

「お忍びの服とは思えないくらい似合っていますね。本物の騎士様みたいで、またまた眼福が過ぎる」

思わず感想を述べるアニエスに、エグバートは小さく噴き出した。

「我が国の世継ぎの王子は騎士号を得ることが義務づけられている。こう見てわたしは本物の騎士でもあるのだよ、アニエス」

「あ……そう言えばそうでした」

うっかり忘れていたと白状するアニエスに、エグバートは楽しげに笑った。

「さて、どこから見ていこうか？」

「王都ははじめてなので、どこになにがあるのやらです。殿下が行きたいところから回っていきましょう」

「わかった。それと殿下呼びは禁止だ。お忍びの意味がなくなる」

「それもその通りですね……。かといってエグバート様と呼ぶのも、それはそれで」

「そうだな。まぁ、適当に呼んでくれ」

「では騎士様とお呼びします」

「うむ」

エグバートは楽しそうにうなずいた。

いくつか見たい場所を決めていたようで、エグバートは迷うことなく馬を操り、警備兵の詰め所や孤児院、職業案内所などを視察していった。

彼は特に未亡人や孤児の処遇を注視しているらしく、各所の職員に熱心に聞き取りをしていた。

「同盟国の戦争には我が国からも騎士や兵士、合わせて三千人が代わる代わる従軍したのだ。当然、亡くなった者も多くいるし、残された者はそれより多い。国のために戦ってくれた以上、残された人々の面倒を見るのは国の役目だ。今のところ大きな混乱は起きていないようだが、今後も気をつけて見ていかないとな」

職業案内所から移動するあいだに、エグバートはそんなことを言っていた。

英雄の城で語っていたことを実際に行っているのだと知って、アニエスは彼の理想に胸打たれる思いだった。

ほかにも橋の補修現場や、建造中の劇場などを見て回るうちに、昼近くになった。

「神殿の前の広場は常時露店が立っている。そこで昼飯も調達しよう」

いわゆる買い食いという奴だ。アニエスは俄然（がぜん）楽しみになって笑顔でうなずいた。

広場には馬や馬車は入っていけない。そのため少し離れて着いてきていた護衛たちに馬を任せて、二人は手を繋いで露店が建ち並ぶ場所へ入っていった。

「さぁ、いらっしゃい、いらっしゃい！　うちの品をぜひ見ていっておくれ！」

「うちの野菜はどれも美味いよー！　朝摘みの新鮮な奴ばっかりさ！」

「布はいらんかねー！　南国から取り寄せた最上級絹！　今だけ大特価だよー！」

足を踏み出すたびに新たな呼び込みの声が聞こえてくる。それを聞いているだけでも楽しくて、女神の城に住んでいた頃の街歩きが思い出されるようだった。

「気になる店があれば遠慮なく寄っていいぞ」

「ええ、でも先に神殿に詣でてもよろしいでしょうか？」

「む、そうだな。まずは女神様にご挨拶すべきだ」

立ち並ぶ露店は必ずあとで立ち寄ろうと思いつつ、二人はまっすぐ道を抜けて神殿へと足を踏み入れた。

「わぁ、天井がすごく高いわ。広いですねぇ」

大きく開かれた扉をくぐった途端に涼しい空気が身を包んで、祈りの場所特有の静謐（せいひつ）な空気に、アニエスは思わず深呼吸した。

「ここが休息日に礼拝が行われる広間だ。その奥が、女神様を祭る儀式が行われる場所になる」

「入れるのですか？」

「ああ。見学だけならいつでも誰でも可能だから」

エグバートの案内で、二人はさらに奥へと入っていく。

そこもまた広々とした空間になっていた。半地下のような作りの円形の広間になっていて、奥にはざあざあと音を立てて水が流れている。

「花嫁選びの儀が行われるのもここだ。この広間の床一面に令嬢の名を書いた札を並べ、奥の水辺から小鳥を飛ばすのだ」

「へぇ、ここで行われるのですか……！」

「もう十八年前になるか……八歳になったわたしは神殿の者から祝福を授かったあと、あのあたりに立って、小鳥が札の上を飛び回るのを見ていたのだ」

エグバートが指したところには、装飾が施された立派な椅子がいくつか置かれたスペースがある。王族専用の場所ということだ。

「今年もどうせ誰も選ばれずに終わるだろうというあきらめの気持ちと、もしかしたら今年は選ばれるかもという期待の気持ちの半分で、小鳥が飛ぶのを見ていた。毎年その辺をくるくる回って飛ぶだけだった小鳥が、あの年はあのあたりに置かれていた札に一直線に飛んでいったから驚いたな」

「その札に書かれていたのが……」

「あなたの名前だったというわけだ、アニエス」

……話には聞いていたし、理解していたつもりだったが、いざその場所を訪れて当時の様子を聞くと、いろいろと感慨深いものがある。

エグバートは遠い過去を思い出すようなまなざしで、札が置いてあったであろう場所をじっと見つめていた。

「いざ花嫁が選ばれたときは、自分でも信じられないくらいほっとしたな。気づかぬうちに不安に駆られていたのだろう。アニエスという名前もはじめて聞くはずなのに、胸にストンと落ちてきて、なんとも不思議な感覚だった」

だからこそ、神に選ばれた花嫁という事実もすんなり信じられたと、エグバートは懐かしそうに語った。

アニエスも不思議な気持ちになる。

なぜ自分のような平凡な娘が神に選ばれたのかは永遠に謎であろうが、エグバートがその場面を鮮烈に覚えていて、こうして懐かしそうに語ってくれることこそが、今はとても大切で重要なことに思えた。

「選ばれたのがあなたでよかったよ、アニエス」

しみじみとつぶやくエグバートに、アニエスは気恥ずかしくもくすぐったい気持ちになって、なにも言えずにうつむく。

そのあとは礼拝用の広間に戻って、見上げるほどに大きな女神像に向き合い、二人ともそれぞれに祈りを捧げた。

ちらりと見上げた女神像は優しくも温かな笑顔を浮かべていて、アニエスの悩みや不安をも包み込んでくれそうな雰囲気を纏っていた。

なんだか背中を押されているような気がして、アニエスは（よし）と心の中で小さくうなずく。

――エグバート様に、わたしのことをどう思っているか、一度ちゃんと聞いてみよう。

これまでも好きだとか好ましいとは言われてきたけれど……婚約者として、将来の伴侶として、一生をともにする相手として、アニエスのことをエグバートはどう思っているのか。

それをきちんと聞いて、その上で、アニエスも今の気持ちを彼に伝えよう。

（今の気持ち……エグバート様のこと、だんだん強く思うようになっていたというこの気持ちを）

アニエスは再び目を伏せ、手を組んで強く祈りを捧げた。

（女神様、どうかわたしに勇気を与えてくださいませ）

――そうして祈りを終え、再び露店が並ぶ広場に戻ったときはもう昼を過ぎていた。

二人は飲食店が連なるエリアへ向かい、野菜や肉を厚切りのパンで挟んだものや、熱々のスープなどを買い込んだ。

「ん～っ、とっても美味しいです！」

「そうだな。味付けが濃くて美味い」

パンをほおばったアニエスの感想に、エグバートもうんうんうなずく。

普通の令嬢や王子は大きく口を開けて食事にかぶりつくことなどしないだろうが、アニエスは街歩きで、エグバートは戦場暮らしで、こういう食事に慣れていた。

美味しい美味しいと言い合いながら露店の食事を堪能する二人は上手く街に馴染んでいるようで、誰も関心の目を向けてこない。

そのおかげで追加で買ったジュースも焼き菓子も、二人してもりもり食べてしまった。

「これだけ買い食いするのは従軍中でもできなかったな」

「そうなのですか？」

「常に護衛だったり仲間だったりがそばにいたから、そうなると多少、指揮官としての威厳も必要になるし」

「確かに……。王太子様が山盛りの焼き菓子を食べているなんて想像できませんものね」

「あなたと二人ならそれをやっても咎められないどころか、あなたも美味しそうに食べてくれる。こういう時間がなにより楽しく思えるよ」

アニエスはどきっとして、そっとエグバートの横顔をうかがう。彼は本当に楽しそうに、おかわりしたジュースをごくごくと飲んでいた。今まで見たどんな彼より自然体である気がする。

こういう姿を見せてくれているということは、それだけ気を許してくれている証拠だ。

そっとその胸元も見てみる。じっと見つめた上で見えてきたオーラは楽しさを表す黄色だ。ほんのりピンク色も見えて、ご機嫌なのは間違いない。

（い、今なら、わたしのことをどう思っているか、聞けるかもしれない……！）

アニエスは勇気を振り絞って、エグバートに向き直った。

「あの、エグバート様」

「うん？」

「おうかがいしたいことがあって――」

だがそれ以上の言葉は続かなかった。背後から「きゃあああ！」と悲鳴が上がり、すぐさまなにかが壊れるような音と怒号が響いたのだ。

「なんだってぇ⁉　もういっぺん言ってみろやぁ！」

「何度でも言ってやらぁ！　この野郎！」

どうやら揉め事のようだ。露店が立ち並ぶ道の真ん中で、何人かの男たちが声を張り上げている。

怒鳴り合っているだけならとにかく、威嚇するように荷箱を蹴ったりものを投げたりしているので、逃げ出そうとするひとたちと、なんだなんだと集まる野次馬たちも加わり、ちょっとした騒動が起きていた。

「ああ、そこの騎士様！　ちょっとあいつらを止めておくれよ！」

「おれたちの店がぶっ壊されちまう！」

エグバートが騎士の制服を着ているのに気づいて、逃げ出してきた何人かが嘆願してくる。それどころかエグバートの背を喧嘩の場にぐいぐい押しはじめた。

「わかった、わかった、そう押すな！　――アニエス、悪いが噴水前で待っていてくれ」

「は、はい、お気をつけて！」

「ほら騎士様、早く！」

周囲の人々に言われるまま、エグバートは喧嘩を止めるべく走って行く。

同時に「なんだと、ゴラァ!?」という怒号とともにひどい物音が聞こえて、その場はちょっとしたパニックになった。

「きゃあ！　喧嘩よぉ！　誰か止めてぇ！」

「お嬢ちゃん、こんなところに突っ立ってたら危ないよ！　こっちこっち！」

「は、はい！」

アニエスは促されるまま、逃げ出すひとの波に乗って走り出す。

（エグバート様、大丈夫かしら？）

武器を持った人間が大勢ひしめく戦場でも無事だったのだから、喧嘩くらいなんてことはないと思うが……それでも心配なものは心配だ。

だがアニエスが近くにいては、エグバートも仲裁に集中できないだろう。その思いで不安を振り切り、なんとか噴水がある開けた場所まで出てきた。

「はぁ、はぁ、ここまでくれば安全かしら……」

広場自体が常時ざわついているため、ある程度離れると喧嘩が起きていることすらわからないほどの平和さだ。

アニエスはほーっと息をつき、噴水の縁(ふち)に腰を下ろす。

だが休む間もなく新たな災難に見舞われた。

「うわぁ！」

と頭上で声がしたかと思ったら、腕に冷たい水がバシャッとかかってきたのだ。

「きゃあ！　な、なに？」

驚いて跳び上がると、空のコップを手にした男があわてて謝ってきた。

「ああっ、お嬢さん、すまねぇ！　大丈夫かい？」

「あ、はい……」

オロオロする男を見て、アニエスは少しほっとする。どうやら男が躓いた拍子に飲み物がこぼれただけのようだ。

「大丈夫です。いいお天気ですし、すぐ乾きますよ」

アニエスは相手を安心させるようにほほ笑み、ポケットからハンカチを取り出す。

男も懐からタオルを差し出してきた。

「これも使ってくれ。そんなハンカチ一つじゃ間に合わないだろう」

「いいえ、大丈夫――」

アニエスは丁重に断ろうと顔を上げる。

その瞬間、男はタオルをアニエスの腕ではなく、口元に思い切り押しつけてきた。

「んぐっ⁉」

鼻までふさがれて驚いたのもつかの間、鳩尾(みぞおち)にどうっと衝撃を覚えて、アニエスは大きく目を見開く。

(痛い！　何事……あ――)

痛みとともに急激に意識が遠のいて、瞼(まぶた)が意思とは関係なく閉じていく。

すぐさま身体を担ぎ上げられる気配がして、アニエスは全身から血の気が引く思いだった。

(いや、いや！　エグバート様……)

なんとか叫びたかったが、くちびるを震わせることすらできない。

アニエスはたちまち気を失い、人知れずどこかへ連れさらわれてしまった。

第七章　炎の救出劇

「……だから、いっそのこと奴を……」

「ええい、まどろっこしい……それなら……、……というふうに……」

遠くから言い争う声が聞こえてきて、アニエスはゆるゆると意識を浮上させる。

寝返りを打とうと無意識に動いたときに鳩尾にずきんとした痛みを感じて、アニエスはたまらずうめき声を漏らした。

「お、気がついたか」

すると、言い争っていたうちの一人が気づいて、こちらに大股で近寄ってくる。

「あんた、神から選ばれた花嫁とかいう奴だろう？　あんた自身にゃ恨みはないが、あの悪魔を仕留めるためだ。悪いが協力してもらうぜ」

男の言葉に、一緒にいた二人の男も声を立てて笑った。

だがアニエスは笑われたことより、彼が使った言語のほうに引っかかりを覚える。

アニエスに対し男は同盟国のイーデン王国の公用語を使った。だが彼女が気がつく前には、別の言語で言い争っていた気がする。

(どこの国の言葉だった？　あれは……)

必死に思い出したアニエスは、半ばカマをかける思いで尋ねた。

「あなた方はラルド王国の人間ね？　わたしが目覚める前、ラルドの言葉でお話ししていたでしょう。それに、今話しているイーデン語にも、ラルド語特有の尻上がりのなまりがあったわ」

するると、男たちはさっと笑いを引っ込めた。

「……いいや、おれたちはイーデン王国の人間さ。お嬢ちゃんの聞き間違いじゃないか？」

「あいにくと、わたしは世継ぎの花嫁として五カ国語の読み書きを仕込まれているの。ラルド王国の人間を招いて直接会話したこともあるわ」

彼らの言葉を聞けば聞くほど確信は高まって、アニエスはしっかりと断言する。

だが彼らにとってそれは知られたくない事実だったのだろう。小さく舌打ちしつつ、かたくなに同盟国の言葉で話し続けた。

「結婚前に脱走を試みるような馬鹿女だと聞いていたが、認識が甘かったようだな」

「ここはどこ？　わたしをさらってどうするつもり？」

彼らに合わせて同盟国の言葉を使いながら、アニエスは身体を起こして自分の状態を確認する。

両手は後ろ手に縛られている。足は片方だけ縛られて、縄の端っこが戸棚の足に結ばれていた。鳩尾が痛く、頭も少しクラクラするが、吐き気を覚えるほどではない。

今いる場所は木造作りの家の一室らしい。窓からはうっそうと茂った森が見えた。王都近くに広がる森の狩猟小屋かなにかだろうか？

（……ん？）

首を巡らせた拍子に、森の中ではあり得ない妙な臭いが鼻をついた。

なんの臭いだろうと思ったが、考える間もなく男の一人が声をかけてくる。

「言っただろう、あんた自身に恨みはない。おれたちの狙いはあくまで『ロローム王国の悪魔』だ」

「『ロローム王国の悪魔』……」

敵陣にたった一人切り込みながら無傷で首級を上げ、いくつもの部隊を壊滅させた戦神――ロローム王国王太子エグバートを指す言葉である。

我が国と同盟国においては『戦神』『建国の英雄の生まれ変わり』と讃えられるエグバートだが、同盟国と八年敵対したラルド王国においては、その常識外れの強さから『悪魔』だの『死神』だのと恐れられていた。

彼らがこちらの戦力縮小のため、中傷目当てにビラを撒きにきたのも記憶に新しい。

（そのビラを見てエグバート様を心底怖がったのは、わたしくらいなものだっただろうけども）

過去の自分を思い出し苦い思いに駆られるが、今は殊勝に反省している場合ではない。アニエスは慎重に尋ねた。

「エグバート様に恨みがあるのね。だから婚約者であるわたしを誘拐したの？」

「そんなところだ。人質を取っておびき寄せるのが卑怯な手段であることはわかっているが……奴に殺された仲間の恨みは晴らさないと気が済まないんでね」

男たちはギリッと奥歯を噛みしめた。

（ということは組織的な犯行ではなく、私怨から少人数で行っている可能性が高いわ）

相手の数が少ないなら、エグバートが応援を連れてきさえすれば一網打尽にできそうだが……。

「喧嘩の仲裁に行っていた王太子は、あんたが指定した場所にいないことで血相を変えてあちこち探しはじめていた。そこに、婚約者は預かっているという手紙を投げてきたのさ。イーデン王国の言葉で書かれた手紙を」

「あなたたちはラルド王国のひとでしょう。なぜ同盟国の言葉を使ったの」

「そりゃあ、ロロームとイーデンが仲違(なかたが)いしてくれるように願っているからさ」

彼らはもう自分たちがラルド王国の人間であることを隠すつもりはないらしい。隠しても無駄だと悟った、と見るべきか。

「相手がイーデン王国だけなら勝機はおれたちにあったさ。あの欲深の愚王の首を刎ねればすべては終わる話だった。同盟を結んでいるからと言って、ロロームがしゃしゃり出てこなければ……」

男の言葉は最後のほうはただのブツブツとしたつぶやきになっていた。

敵対したラルド王国からすれば、一騎当千の強さを誇るエグバートはたまったものではない存在であっただろう。

（実際にエグバート様の活躍があったからこそ、同盟国は勝利を収めたわけだし）

彼が二ヶ月謹慎しただけで劣勢になりかけたのがいい証拠だ。

とはいえエグバートは国家間の取り決めに従っただけなのだから、そのように恨まれるのは筋違いだ。なかなか終戦に至らなかったためエグバートはずっと帰国できず、ロローム側とてそれなりに迷惑を被ったのだから。

(とはいえ、無力な娘をさらうような奴らにそれを言っても、無駄でしょうね)

相手も追い詰められているからこそ、このような強硬手段に出たはず。下手に刺激するようなことは言うべきではない。

いずれにせよ手紙を受け取ったエグバートは今頃、アニエス救出のために策を考えている頃だろう。逃げ出したところですぐに捕まるのがオチだ。おとなしくしていたほうがいい。

(だけど、わたしがエグバート様と離れたところを的確に狙ってくるなんて。ずっとあとをつけていなければできない芸当だわ。あの乱闘といい、わたしに水をかけてきた男といい、きっと最初から仕組まれていたことでしょうから……)

まさか自分たちを見張っている目があるなんて、ちっとも気づかなかった。それはエグバートも同じだろう。せっかくの休暇だったというのに、面倒なことに巻き込んでしまって……。

(助けにきてくれる、わよね?)

また仲間内であれこれ話し合いをはじめた男たちを見つつ、アニエスはつい弱気な気持ちに駆られる。

そのとき突如、カランカラン！　という甲高い鈴の音が響き渡った。

「！　北の方向からだな。よし、行くぞ！」

「おう！」

男たちはラルド語で言うと、すぐさま小屋を出て行った。

「……え、え？　わたしのことを置いて行くの？」

すっかり置き去りにされたアニエスはびっくりするが、手足の拘束をほどくなら今しかない。

アニエスはすばやく周囲を見回し、武器になるようなものはないかと探る。壁に芝刈り用とおぼしき鉈がかけてあったが、それを取りに行くには足の縄が邪魔だった。

戸棚を蹴っ飛ばしたり足をひねったりして、なんとか縄を解けないかと奮闘するが、縄が足首に食い込んで痛むばかりだ。戸棚もかなり重く、引きずって動くこともできない。

アニエスは戸棚の中になにかないかと、自由な片足を使って引き出しを引っぱった。

「！　鏡があった」

鳥除けかなにかに使うためだろう、手のひら大の鏡が見つかった。アニエスは後ろ手にそれを取り上げると、身体をぐいっとひねり、壁に向かって鏡を投げつける。何度かくり返すうち、鏡面がちょうど柱にぶつかって、バリンと音を立てて粉々に砕けた。

「よし！　まずは縄をどうにかしなきゃ」

比較的大きめな破片を取り上げ、手首を限界までひねって、両手を拘束する縄をギリギリと切りつける。あせるあまり手のひらに汗が滲んで、何度も手が滑って鏡を取り落とし、そのたびにやり直しになるのがもどかしかった。

そうこうするうち、外もさわがしくなる。キン、ガキンという剣戟(けんげき)の音が聞こえるようになって、アニエスは肝を冷やした。

「めちゃくちゃ戦いがはじまっているじゃない……！　早く逃げなくちゃ」

剣戟の音は一つや二つではなく、怒号や馬の蹄(ひづめ)の音、甲高いいななきも聞こえてくる。これはそうとうの数の人間が戦っていなければ聞こえない音だ。

（森にもあの男たちの仲間が潜んでいたということ？　エグバート様、どうか無事で……！）

何度も何度も縄に鏡をこすりつけるうち、ようやく片手が自由になった。アニエスは強張(こわば)った肩をぐるりと回してから、今度は戸棚と足を結びつける縄を切っていく。

力を入れないと切れないため、ぐっと破片を握っているうち、右手は血まみれになっていた。

「破片さえ皮膚に入らなければどうにでもなるけど……！　血のせいで手が滑る！」

おまけに乱闘の音もどんどん近くなって、あせりと恐怖でどうしても全身が震えてしまった。

「しっかりしなさい、アニエス！　こうなったときも逃げ出せるように、家庭教師の先生たちがあれこれ教えてくれたでしょう！」

泣きそうになる己を叱咤しながら、アニエスは必死に鏡を滑らせた。

そのときだ。

「アニエス――！」

小屋の外から自分を呼ぶ声が聞こえて、アニエスはハッと顔を上げた。

「エグバート様⁉」

立ち上がったアニエスは、剣を手にこちらに走ってくるエグバートと、それを追いかける男たちの姿を見つける。

おまけに男たちは、口に詰め物をした瓶を振り上げていた。

アニエスはそれでエグバートが殴られると思って、思わず「避けて！」と叫ぶ。

とっさにエグバートが横に避けると、男は瓶を彼ではなく、アニエスがいる小屋めがけて投げつけてきた。

風を切って飛んできた瓶は小屋の壁に当たり――。

ボンッ！　と派手な音を立てて炎の柱を噴き出した。

「きゃあああ！」

衝撃で窓を覆う板が吹き飛び、そばにいたアニエスも床に倒れ込む。縄で巻かれた足首がギリギリと痛んだ。

みるみるうちに真っ赤な炎が建物に回っていく。肌がチリチリと痛むほどの熱さに、アニエスは真っ青になった。

（！　もしかして、さっき感じたあの臭いは……）

油の臭いだったかもしれない。男たちはいよいよとなったら火を放つつもりで、あらかじめ屋敷に油を撒いていたのだ！

「冗談じゃないわ、焼け死ぬなんてまっぴらよ！」

ゴウッと風に火の粉が舞うのを感じつつ、アニエスは必死に縄を断ち切ろうとする。

そのとき、まだ壊れていなかった窓が外側からガンッと壊されて、エグバートが飛び込んできた。

「アニエス、無事か⁉」

「エグバート様！」

アニエスは助かったという思いで顔を上げるが――。

「！　だめっ、避けてぇえええ――‼」

エグバートの背後の柱が燃え上がり、そのままぐらりと彼めがけて倒れ込んでくる。

だがエグバートはまっすぐアニエスに駆け寄り、その身をしっかり掻き抱いた。

「うっ……！」

直後、燃えさかる柱がエグバートの上に音を立てて倒れてきた。

「きゃあああああ！」

ごうごうと燃える炎の熱さとエグバートの苦しげな顔に、アニエスは悲鳴を上げる。

「エグバート様、エグバート様ぁ！」

アニエスは半狂乱になって、柱に潰される彼を呼ぶが……。

エグバートはまるで動じることなく、自分に倒れかかった柱を素手で押しのけ、身体を起こす。

「えっ」

険しい顔をしつつも普通に起き上がるエグバートを見て、アニエスは唖然と目を見開く。

そのあいだ、エグバートは腰の剣を引き抜きアニエスの縄を断ち切ると、彼女を横抱きに抱えて大きく跳んだ。

「きゃあ！」

身体がぶわっと浮く感覚がして、アニエスはとっさにエグバートの首筋にしがみつく。

気づけば二人は建物の外に出ていた。狩猟小屋とおぼしき木造の家は、二人が脱出した直後に屋根から崩れて、柱も壁もすべてが炎に呑まれていった。

「アニエス、無事か？」

エグバートが至近距離から尋ねてくる。

アニエスは恐ろしい思いで小屋を見つめていたが、エグバートの声にたちまち我に返った。

「わ、わわわ、わたしよりエグバート様のほうが！　燃える柱に潰されたんですよ⁉」

「わたしは大丈夫だ」

エグバートはきっぱり言う。強がりでも励ましでもなんでもなく、ごく普通の口調で言われて、アニエスは大いに混乱した。

「どこが大丈夫なんですか⁉　ほら、ちょっと髪も焦げてるし――」

「……ちくしょう！　ロロームの悪魔……魂を死神に売り渡したクソ野郎がッ！　油撒いて燃やしても死なねぇのかよ⁉」

と、怒りと絶望に満ちたラルド語が聞こえて、アニエスはハッと振り返った。

見れば、先ほど瓶を投げつけた男が、槍を構えながらこちらをにらみつけている。だがその足はかわいそうなほど震えていて、エグバートを見つめる瞳には絶望が色濃くにじみ出ていた。

エグバートはアニエスを草の上に降ろすと、油断なく剣を構える。

「悪魔！　ひとならざる存在め！　おまえのような奴が存在していいわけがないんだ……！」

「あいにくと、わたしは悪魔と契約した覚えはない。――覚えておくことだな。ロローム王国に生まれる王侯貴族には、繁栄の女神からの『祝福』があるということを」

アニエスは大きく息を呑んだ。

（まさか、エグバート様が持つ『女神の贈り物』の内容って……）

アニエスは思わず自分をかばうエグバートの背中を見つめる。せっかく着込んできた騎士服は、マントどころか上着もすっかり焼けて、肌が露わになっていた。

燃える柱は彼の背中にずしんとのしかかってきたはずなのに……エグバートの筋肉質の背には、火傷の痕も打撲の痕も残っていない。

腰を落としながら、エグバートは険しい顔で言い放った。

「わたしが女神から受けた『祝福』は、『外的要因で死なない』というものだ。剣で貫かれようが炎に巻かれようが――この身体は決して傷つくことはない！」

「う、うわぁっ⁉」

エグバートに大きく踏み込まれて、ラルドの男は半泣きになってあとずさる。

逃げようとする相手の鳩尾に拳を叩き込んだエグバートは、相手が「ぐはっ！」と前のめりになった瞬間に、今度は首のうしろに剣の柄を叩き込んだ。

「うげぇ！」

「わたしの愛する女を危険にさらした罰だ！　とくと味わえ‼」

強烈な攻撃を食らった男は、目を回して剥き出しの地面に倒れ伏した。

「――殿下！　ご無事でございますか⁉」

それと同時に、森の中から護衛の騎士たちが駆けつける。彼らの何人かは縄を打った男たちを引きずっていた。

小屋にいたのは三人だったが、捕らえられたのはざっと見ただけでも二十人以上いるようだ。森に何人か潜んでいたのかと、アニエスは改めてゾッとした。

「わたしは大丈夫だ。だがアニエスは怪我を負っている。馬……いや、できれば馬車を調達してきてくれ」

「かしこまりました」

「殿下、どうぞマントをお使いください」

「ああ、悪いな」

エグバートの背中が剥き出しであるのを見て、騎士のひとりが自身のマントを渡してくる。

彼はそれを軽やかに羽織ると、へたり込むアニエスを抱え込み、燃えさかる小屋から離れたところに運んだ。

「ああ、ひどい怪我だな……。帰ったらすぐに侍医に診せなければ。火傷は……幸いなことに大丈夫そうだ。毛先が少し燃えてしまったが、肌は無事でよかった」

「いえ……」

アニエスは呆然と答える。自分の状態よりも、彼に授けられた『女神の贈り物』のことで頭がいっぱいだった。

「……で、殿下が、ラルド王国との戦いで無傷で勝ち続けていられたのは……『女神の贈り物』があったからなのですね？」

「ん？　ああ、その通りだ。戦場でありとあらゆる怪我を負ったはずなのだが……痛みを感じるのは一瞬で、見ての通り、すぐに治ってしまうのだ」

自分の背中をちらっと見つめながら、エグバートはなんでもないように言いきった。

無傷の猛者と言われてきたエグバートだが、実際は八年に及ぶ戦争中に、刃物で切られたことも刺されたことも、矢で射られたこともあったらしい。

だが怪我を負った瞬間から即座に治っていき、何事もなかったように動き出すので、それを見た敵国ラルドの人間は彼を『悪魔』だの『死神』だのと言うようになったのだ。

「ただ敵はとにかく、味方に知られて気味悪がられてもいやだと思って、な。同盟国の人間には秘密にしていた。単騎で敵陣に飛び込んでいたのも、この能力を隠すためだ」

「確かに……戦場ではこれ以上ないほど便利な能力だけに、変に利用されたりする可能性もありますものね」

アニエスが考え考え言うと「話が早くて助かる」とエグバートはうなずいた。

「我が国においても限られた人間しか知らないことだ。そのおかげで英雄だの戦神だの、たいそうな呼び名がついたのは予想外だったがな」

とはいえエグバートは騎士号も持っているし、先ほど男を倒した動きも鮮やかなものだった。能力に頼らずとも敵を討つ力は充分持っているのだから、あながち誇張した称号とも言えないだろう。

そんなふうにアニエスが考えているあいだ、エグバートは彼女の右手を丹念に調べ、鏡の破片が皮膚に入っていないかを確認してくれた。

「近くに泉でもあればすぐに洗ってやれるんだが。馬を連れてくる騎士が水も持ってくるだろうから、手当ては少し待ってくれ」

「大丈夫です、出血のわりにそんなに痛くないので」

「それは、ことが起きた直後で興奮しているからだ。気持ちが落ち着いた頃に痛みも一気に出てくると思う」

「うへぇ……」

思わず肩を落とすアニエスを前に、エグバートはくしゃりと顔をゆがめる。かと思ったら、アニエスをぎゅっと痛いほどに抱きしめてきた。

「あ、エグバート様……」

「駆けつけるのが遅れて本当にすまない。あなたが噴水前にいないことに気づいてすぐ、あなたを人質に取ったという手紙が投げつけられて……本当に生きた心地がしなかった。わたしのせいで、すまない」

アニエスは自分を抱きしめる彼の腕が激しく震えているのを感じて、ハッと息を呑んだ。

「あ、あの、エグバート様、さっき――」

「うん？」

「わ、わたしのこと……愛する女、って叫んでいませんでした？」

エグバートは「なぜ今それを聞くんだ？」という表情でぱちぱちと目をまたたかせた。

「ああ、そういえば言ったかもしれないが、それが？」

「で、殿下にとってわたしって、あの、異性として、好き――なのですね？」

「？　そうだが？」

「人間的に好き、ではなくて、女性として好き、なんですよね？」

「そうだが、いきなりどうした？　そんなことを言うなんて……」

エグバートは途中でハッと言葉を止める。

アニエスが緑色の瞳からぼろっと涙をこぼすなり、ハラハラと泣き出したからだ。

「ど、どうしたアニエス、怪我が痛むのか？」

「そう、じゃ、なくて……っ。エ、エグバート様に愛してもらえているってわかって、ほっとしたというか、嬉しくて……っ」

「今さらなにを……。わたしはあなたのことがずっと好きだったぞ、アニエス。折にふれて言っていたような気もするが」

「そ、それは、『好ましい』とか『好き』とか言われることはありましたけれど、わりとさらっとしていたので、本気かどうか、どういう意味の『好き』かわからなくて……っ」

ぼろぼろと泣きながら、アニエスはここ最近感じていた苦しい気持ちを吐き出した。

「わたしは長いあいだ、エグバート様がわたしをきらっていると思っていたから、よけいに信じられなくて」

「それだ。そもそもの話、どうしてあなたは、わたしがあなたをきらっていると思ったんだ？　それに関してはわたしもしっかり聞きたかった。……再会したときに聞ければよかったのだが、こっちもあなたが『純潔ではない』とか言い出すから、頭に血が上ってしまって」

「あ、あれは、そのぅ……！」

「わたしとの結婚をどうにかして避けたくてついたうそだろう？　純潔の証を確認せずとも、なんとなく予想はついていた」

「そ、そうでしたか」

　気まずい思いを抱えつつ、アニエスは鼻をすすって丁寧に答えた。

「それは、わたしが持つ『女神の贈り物』のせいなんです。わたしが持つ能力は、相手の感情がオーラとして見えるというものなんです」

「感情がオーラとして？　……もしや、真っ黒なオーラのことか？　暗黒オーラとも言われたが」

「ぴえっ⁉　な、なぜそれを！」

「王都に向かう途中の宿で酔っ払ったことがあっただろう。そのときにあなたが寝言でそんなことを言っていた」

（……あのときか――――！）

　アニエスは思わず両手で顔を覆った。

「わ、わわわたし、殿下に暴言を吐いていたりは……？」

「暗黒オーラの馬鹿王太子と言っていたが」

「いやああああ」

「まぁ、そんな真っ黒なオーラを抱いている人間を前にしたら、たいていの者は引くか怖がるか逃げ出すものだろう」

　エグバートがふっとほほ笑んだとき、ラルドの人間をしっかり拘束したり、小屋の消火に忙しくしていた護衛たちが声をかけてきた。

「殿下、馬車が到着しました！　城下の診療所に王宮医官を待機させておくのも手配済みです！　そちらに向かってください！」

「あいわかった。では後処理を頼む」

「はい！」

護衛たちがビシッと敬礼して見送る中、アニエスはエグバートに横向きに抱えられ、大急ぎでやってきた馬車に乗り込む。

エグバートは彼女を座席には座らせずに、自分の膝の上に横向きに座らせた。

気恥ずかしい体勢だけに降ろして欲しいと言おうとしたが、いざ馬車が動き出し炎や煙の臭いから遠ざかると、身体から急に力が抜けて瞼が重くなる。

「眠るといい。話は帰ってからでもできる」

「はい……」

「だが、忘れないでくれ。わたしはあなたを、心から愛しているということを」

優しい言葉とともにひたいにキスまでされて、アニエスはくすぐったい思いに胸がとくんと弾むのを感じた。

同時に、眠る前にこれだけは言わなければという気持ちで、必死に言葉を絞り出す。

「わたしも、エグバート様が好きです……愛しています」

エグバートは大きく目を見開き、これ以上ないほどの驚きを示してみせる。

アニエスはにっこり笑い、本当ですと念押ししようとしたが、その前に体力のほうが限界を迎えた。

疲労と痛みで身体もひどく重たかったが、心は温かい。アニエスはエグバートの広い胸に頭を預けて、安らかな気持ちで眠ったのだった。

第八章　一件落着

「……なるほど。初顔合わせのとき、わたしの胸に見たことのない暗黒のオーラが渦巻いていた、と」

「そうなんです。もう、オーラがこう、立ち上っていたんですよね、暗黒に」

アニエスが身振り手振りを使いながらオーラの大きさを表現すると、エグバートは「ぷっ」と小さく噴き出した。

「もう、真面目な話ですよ、殿下」

「わかってはいるが、あなたの真剣な顔が可愛くてな……。だが、顔も頭も隠すほどに真っ黒なオーラが出ていたのなら、十歳のあなたがおびえるのも無理はなかったな」

今さらだが、当時はすまなかったと頭を下げられ、アニエスはなんとも言えない気分になった。

アニエスとエグバートの襲撃事件から、今日で一週間が経過した。

馬車に乗るまでは比較的元気だったアニエスだが、応急処置を受けて王宮に戻る頃には全身がピリピリと痛くて苦しくて、夜には熱も出してさんざんな状態だった。

渦中にあるときはなにもかも無我夢中だったが、火の近くにいた身体はしっかり影響を受けていたらしい。鏡の破片を握りしめていた右手もなかなかの怪我で、もう少し深く傷ついていたら縫う必要があったと言われて心底ゾッとした。

縛られていた足首も縄が食い込んで出血していたし、さしものアニエスも三日間は起き上がれずに痛い痛いと弱々しくうめくばかりであった。

ようやく王宮にやってくることができたララをはじめ、侍女となった人々が賢明に世話をしてくれたからこそ、一週間でなんとか動けるようになったというのが実情である。

エグバートは毎日暇ができるたびに見舞いにきてくれたが、その彼と気安く話せるようになったのもここ二日くらいなものだ。そもそもエグバートは多忙な中に諸々（もろもろ）の処理も加わって、さらに忙しくなってしまった。

だがそれらも落ち着いたらしく、今日は一緒に寝ようかという話になったのだ。

寝台に乗り上がったエグバートは、夜着姿のアニエスを頭からつま先まで見やり、包帯を巻いている箇所が足首と右手だけになったことに安堵（あんど）していた。

アニエスのほうは、エグバートの目元に濃い隈（くま）が浮かんでいることに不安を覚えたけれど。

「『外的要因では死なない』そうですが、内的要因はその限りではないのですから、しっかり休んでくださいね？」

「それができれば苦労しないが……」

「……あ、ほら、胸元に少し黒いオーラが見えています」

目をこらしたアニエスは、エグバートの胸元にゆらりと黒いものが立ち上がるのを見て、思わず指さしていた。

「一緒に過ごしてわかったことですが、エグバート様は案外黒いオーラを纏うことが多いです。八年前はいきなりどす黒いのを見せられて怖かったですが、今は少し慣れてきました」

「いいような悪いようなだな。自分でも短気であることは自覚している。こと、あなたが絡むと怒りや恨めしい気持ちも大きいのだろう」

エグバートはそうみずからの感情を分析して見せた。

八年前の初顔合わせのとき、エグバートは今以上の多忙さを極めていたらしい。

息子が成人したことで、弱気な父王が「もう仕事なんてしないぃぃいいい」とわめきはじめ、父に代わって議会や会議に休まず出席する羽目になり、かつ動きがきな臭いラルド王国を警戒して軍の演習にも出ていたというから、本当に目が回るほどの忙しさだったようだ。

アニエスの誕生日祝いのため女神の城に馬を走らせるときも、ほぼほぼ不眠不休の移動が続いたというから驚きである。

「そのせいで、とにかく疲労が蓄積していたのはよく覚えている。正直、女神の城に入ったときは倒れないでいるのが精一杯だった」

「つまりあのとき見えた暗黒オーラは、わたしへの怒りと言うより、日々の疲労が重なりまくったための負の感情の発露だったということですね」

「おそらくそうだろうと思う。正直、あなたがどういう装いをしていて、どういう文句で挨拶をしたかということも覚えていないほどなのだ」

今となってはそれが悔やまれてならない……と、エグバートは片手にひたいを埋めながら後悔とともに吐き出していた。

アニエスとしても三日前からそわそわして、精一杯のおしゃれをして出て行った顔合わせだっただけに、覚えられていなかったことは少々さみしい。

だがアニエス自身も大人になり、エグバートの苦労が想像できるようになったからこそ、それではしかたないなと理解の気持ちを持つこともできた。

「あとは……自分の欲望を汚く思った、というのも多分にしてあると思う」

「じ、自分の欲望？」

「うむ。情けない話だが、当時のわたしは世継ぎとしての重圧に押しつぶされそうになっていてな」

なまじ文武両道で有能すぎただけに、エグバートがあちこちに顔を出すようになると、王宮の人々は国王を飛ばして、いろいろな案件を直接彼に持ち込むようになったのだ。

持ち前の頭脳で問題なく案件を捌(さば)いていたエグバートだが、十八歳の青年がなにもかも背負うには責任が重すぎる仕事でもあった。

父王が亡くなって、自分が王冠をいただいているなら踏ん張れたかもしれないが、当の父王は妃とともにこれ幸いと引き籠もりはじめていた。

王妃という、支えてくれる伴侶がいる父王と違い、自分にはそばに誰もいない。そのことが十八歳のエグバートにはさみしくも恨めしくも、うらやましくも感じることだったようだ。

「だからこそ、無意識のうちに、隣に妃がいてくれればと思うようになっていた。だが実際に顔を合わせたあなたは、当然だがまだ十歳の子供だったわけだ」

当時のアニエスの姿も言葉も、なにも覚えていないのに……。

「こんな小さな子に、わたしは自分を支えてもらいたいと思っていたのかと考えたら、なんというか……自分がひどく情けなく思えて。そのことはよく覚えているよ。わたしのほうこそ、田舎で一人勉学に励むあなたを、もっと気にかけてやらなければいけなかったのに、と」

（……ああ、あのどす黒オーラには、そういう気持ちも混ざっていたというわけね）

いろいろ腑に落ちたアニエスは、うなだれるエグバートとは逆に納得の面持ちでうなずいていた。

「あの頃はお互い未熟だったのですね。……いえ、エグバート様は早熟だったと思いますが。少なくともわたしはエグバート様の状況や感情を読み取れるほど大人になっていなかった。城のみんなが『殿下はご多忙でお疲れなのですよ』と取りなしてくれたのに、わたしは自分の目に見えたオーラだけを信じ込んでいたのだわ」

「いや、十歳ならそれが普通だろう。連絡もろくにしてこない婚約者の多忙さを思いやれというほうが無理な話だ」

「そういう意味でも……あなたともう少し年齢が近かったらと思わずにはいられないわね」

「そうか？　わたしはこの年齢差でよかったと思うが」

「本当に?」

エグバートは深くうなずいた。

「先ほども言ったが、もしあなたがわたしと同い年か二、三歳差だったら、わたしは母に寄りかかる父と同じように、あなたに寄りかかっていたかもしれない。あなたはそういうのは好まないだろう?」

「あー……確かにそうかも」

国王と王妃はどちらも似た気質ゆえに、お互い手を取り合ってわんわんわめき合っていれば落ち着くが、エグバートもアニエスもそういうタイプではない。

エグバートは持ち前の有能さでどんどん問題を解決していきたい性格だし、アニエスはあまり束縛されずに自由でいたい性質だ。

(確かに、年上の男性に寄りかかられて癒やしを求められたりしたら、及び腰になっていたかも)

そう考えると、エグバートがアニエスを『子供』と認識して、なにもせずにいてくれたことは感謝すべきだったのかもしれない。

いずれにせよ、同盟国イーデン王国と隣国ラルド王国の戦争がはじまったために、二人の関係には甘えるも支えるもなにも生まれなかったわけだが。

「だから、八年前にあなたの目に映っていた暗黒のオーラは、疲労やいらだちや自分への情けなさ、ふがいなさの表れだったということで、あなた自身にはなんの瑕疵(かし)もなかったよ、アニエス」

「そのようですね」

「あ。あとあのときは頭痛がひどくて、吐く一歩手前の体調不良でもあった。それもオーラとして出ていたのかもしれないな」

「吐かなくてよかったですね……」

「客間に入って寝台を見つけるなり、速効で気絶したけれどな」

眠った、ではなく気絶したというところに、当時の彼の状態が見えるというものだ。アニエスは（誰も彼もエグバート様に頼りすぎていたのね……）と、彼の苦労を思いやった。

「再会してからもたまに暗黒のオーラがにじみ出ていたのも、同じような理由なんですかね。ほら、わたしを最初に寝台に連れ込んだときとか」

「あのときは、あなたが『わたしのことをきらっているでしょう？』などと言ってくるから、腹が立ったのだ。あなたに見合う人間になれるよう己を律してがんばってきただけに、なにを見当違いなことを言っているのかと、少なからず失望したし、おまけに純潔を云々とうそまでついてくるし」

「その節は大変申し訳なく……」

「前にも言ったが、交流する時間があまりに少なかったからな。そういうすれ違いもそれは起きざるを得ないと、今は理解できているから」

「ですね」

アニエスは深くうなずいた。

「――話しているうちに遅い時間になってしまったな。明日はあなたの快気祝いもあるから、もう眠りなさい」

「はぁい」

こめかみに口づけながら言われて、アニエスはいそいそと毛布を引っ張り上げる。隣に寝そべるエグバートは、毛布の下で緩やかにアニエスを抱き寄せた。

「あの、殿下?」

「ん?」

「その……しないのですか?」

手と足以外はもう元気だし、怪我をする前はわりといちゃいちゃしていたこともあって、アニエスは控えめに申し出てみる。

エグバートは優しくほほ笑んで首を横に振った。

「包帯が取れるまでは自重する。わたしはそこまで色狂いではない」

「そ、そうですか?」

「……そうだな。今こうして我慢しているぶん、全快したらただでは済まないと肝に銘じていてもらおうか」

「ひぃ」

エグバートの胸元から、注視せずとも見えるほどに金色のきらきらしたオーラが見えて、アニエスはハッと息を呑んだ。

（も、もしかして、この金色の光が示す感情って、いわゆる、性欲というものでは？）

過去にきらきらが多量に見えたときも、たいていこういう雰囲気だった気が……。

（……し、知らなくてもいいことに気づいてしまったかも）

アニエスはなんとなくエグバートから視線を逸らしつつ、彼が欲情を抱きながらも自重してくれている事実にほっと安堵した。

こういう思いやり深いところがあるからこそ、アニエスも……エグバートのことを、いつの間にか愛おしく感じるようになっていたのだろう。

そう考えつつ、エグバートの大きな手が頭をなでてくれる心地よさに促されるまま、アニエスはゆっくり瞼を伏せていくのであった。

＊　＊　＊

翌日の夕方から、アニエスの快気祝いと称して小規模の催しが開かれた。

王宮の食堂を使用しての立食形式のパーティーだ。小規模と言ってもそれなりの人数が集まっており、アニエスはそこそこ緊張しながらエグバートとともに入場した。

「まぁアニエス様！　ラルド王国の残党に怪我を負わされたと聞きましたが、大丈夫でしたか？」

「ええ、おかげさまでずいぶん回復いたしました。まだ利き手が使いづらくて、ダンスができないのが残念ですが」

「お元気になったらいくらでも踊ればよろしいわ。……まぁ、痛々しい。ラルドの連中も王太子殿下を悪魔呼ばわりして襲ってきたなんて。本当に見下げ果てた者たちですわ」

包帯を巻いた上で手袋をしているため、二回りくらい大きく見えるアニエスの右手を前に、さる重臣の奥方は痛々しそうに眉をひそめる。

集まってきた貴婦人たちも口々にお見舞いやねぎらいの言葉を述べてきて、アニエスは笑顔で「ありがとうございます」と答えた。

「皆さん揃ったようね。それではパーティーを……」

はじめましょうか、と王妃が声をかける前に「お待ちください！」という声が入り口から聞こえてきた。

「まぁ、同盟国のリーリア王女様だわ」

「招待されていたのね。……重臣の集まりに王女様を呼ばないというのもありえないけれど」

貴婦人たちはさっと扇を広げてこそこそささやく。

聞けばアニエスが伏せっているあいだ、リーリア王女は我が物顔で茶会を開いたり、あちこちの舞踏会に出かけたりして、遊興を楽しんでいた様子だ。

おまけにそこここで「わたしはエグバート王太子の愛人に選ばれた」だの「実はエグバートとのアニエスの仲は冷え切っている」などと吹聴しまくったらしい。

真実はどうであれ、遊学という名目でロローム王国に滞在しながら日々遊び回って暮らしているリーリア王女の心証は、あまりよくないようだ。それどころか一部の貴婦人からは蛇蝎のごとくきらわれているという。

このパーティーに集まった貴婦人たちは、どちらかと言えば王女をきらう側にいるようで、突如声を張り上げた彼女に露骨に眉をひそめていた。

「まぁ、リーリア王女。あなたを招待した覚えはありませんけど？」

そして彼女をきらっているのは王妃も同じらしい。部屋に籠もっているときは弱々しくヒステリックに泣くこともある王妃が、別人のように冷ややかなまなざしで王女を睨めつけていた。

「ですが王妃様、わたくし、この国の皆様があの娘に騙されているのが不憫でならないのです」

王妃の睨みなどなんのその、リーリア王女は我こそが正義と言わんばかりの面持ちで、あの娘呼ばわりしたアニエスを堂々と指さした。

「まぁ、我が義娘となる予定のアニエスがなにか？」

王妃の声はどこまでも冷ややかだが、リーリア王女はかまわずにわめいた。

「皆様ご存じないと思いますが、あの娘は一度、王太子の花嫁の務めを放り出し、国外へ逃げようとしたのですよ⁉　おまけに市井に溶け込んで、一時期は大衆食堂で女給をしていたというではありませんか！」

（――えっ⁉　水車亭で働いていたことまで、どうして知っているの？）

アニエスは目を丸くする。

そのあいだも王女はキーキーとわめいていたが、要は『アニエスはエグバートにはふさわしくない』というのが大本の主張のようだ。

王妃はもちろん、集まった重臣やその奥方たちもしらけた顔をして、誰も本気にしていない。

それもあってか、王女の言葉が途切れた時点で、エグバートが大きく咳払(せきばら)いして全員の注目を自分に集めさせた。

「ああ、エグバート、なにか意見があって？」

リーリア王女は、自分の主張を彼が受け入れてくれたのだという期待顔で声をかけてくる。

エグバートはそれに、感情のうかがえない無表情で淡々と答えた。

「まず、アニエスが市井の食堂で働いていたということだが、それは事実だ」

「まあ！　未来の王太子妃ともあろう者が女給の真似など……！」

「お妃教育の一環として、社会見学をしてもらったのだ。ほかでもないわたしの要望でな」

「へっ……？」

リーリア王女が目を丸くする。アニエスも似た表情になりそうだったが、すんでの所でなんとかすまし顔を保った。

（お妃教育の一環？）

内心で（そんなことってある？）と思うアニエスの隣で、エグバートはさも当然のことを語るようにつらつら述べた。

「結婚前でなければ、市井の人々がどういう暮らしを営み、どういう仕事をしているかを体験できる機会もないだろう？　王国を支えてくれるのはほかでもない市井の人々だ。彼らの生活を知らずして、よき国王、よき王妃になどなれるであろうか」

エグバートが身振りを交えて訴えると、重臣たちから「おお……！」と感心の声が漏れた。

「さすがはエグバート殿下。王宮で働く我らにはない視点で物事を考えなさる」

「ご自身はお忙しいから、王宮にお入りになる前のアニエス様に、ある意味での視察をお願いしたということね」

「アニエス様もそのお考えに喜んでお応えになったのだわ。素晴らしいことね！」

当のアニエスは黙っているというのに、集まった人々はどこまでも好意的に解釈してくれる。エグバートが持つ人徳と功績がどれほど大きく影響するかを見せつけられる思いだ。

リーリア王女にとっては予想外にもほどがある解釈だったであろう。

「アニエスが国外へ逃げようとしたというのも、わたしが彼女に秘密裏に働くことを頼んだからこそ生まれた荒唐無稽な憶測だ。こと、王都から離れたところでは憶測が生まれやすい。わたしが戦神だの英雄だの、悪魔だのと揶揄されていたようにな」

エグバートのこの軽口に、場はどっと大きく湧いた。

「いやいや、殿下が戦の英雄であることはまぎれもなく真実でございましょう！」

「殿下は冗談までお上手なのだから、本当に」

楽しげなその場の雰囲気に、リーリア王女の顔はどんどん悔しげにゆがんでいった。

「そ、そんなことはございません！　わたくしは本当に、あの娘が逃げだそうとしたことをしかと耳にしておりまして……！」

「ならばリーリア王女よ、その話を誰に聞いたのだ？」

「えっ？」

一転して冷ややかな顔つきになったエグバートに、リーリア王女ははじめて気圧（けお）された様子で、じりっとあとずさった。

「あ、だ、誰って……」

「あなたの遊学にくっついてきた、あの宰相補佐だというなら、この通り」

エグバートが軽く手を振ると、袖のところから衛兵が二人進み出てくる。二人のあいだには後ろ手に縛られ、猿ぐつわを噛まされたよれよれの男がいた。どうやら彼が同盟国の宰相補佐らしい。

「ま、まぁ……！　いったいなにごとですの、エグバート！　我が国の宰相補佐を罪人のように扱うなど……！」

「罪人のように、ではないのだ、王女よ。この男はまぎれもなく犯罪者。我が国の法のもと、しかと裁かせていただく予定だ」

「はっ……？」

リーリア王女は訳がわからないという顔で立ちつくした。

「な、なぜ彼が犯罪者などに……？」

「いろいろとやらかしているが、一番の罪は、我が国に戦時中から間者をもぐり込ませていたことだな」

エグバートはさらりと答えた。

どの国も間者など秘密裏にしのばせておくものだし、それ自体が暗黙の了解になっているが……いかんせんロローム王国に放った数は目を瞠るものがあったらしい。

とてもしのばせるという数ではなかったとのことで、一人捕まえれば芋づる式にまた捕まり、最終的に宰相補佐に行き着いたとのことだ。

「情報を集めるだけならとにかく、我が国の弱みを握るために放たれたと供述した者たちも多くてな。同盟を結ぶ間柄で、それはあまりに不敬というものではないか？」

「そ、そんな……わ、わたくしはなにも……」

「なにも知らない？　我が婚約者が市井で働いていたことをあなたが知ったのは、宰相補佐が抱える間者からそう報告を受けたからだろう？　こちらの意図も知らず事実だけをあげつらって、このような場で暴露してくるとは……なんとも品がない行いでもあるが」

軽く鼻で笑われて、リーリア王女は怒りと屈辱に顔を真っ赤にしていた。

「わ、わたくしは、あなたが立場にふさわしくない花嫁を迎えることが不憫で……！」

「それこそよけいなお世話というものだ。そもそも、わたしはここにいる神の定めた花嫁を、誰よりも大切に思っている」

その言葉通りアニエスの肩を柔らかく抱き寄せ頭頂に口づけてくるエグバートに、アニエスは（今ここでそれをやる……!?）と真っ赤になった。集まった貴婦人方は「きゃあ！」と黄色い声を上げていたけれど。

「宰相補佐の罪はそれだけではない。間者の何人かをわざとラルドの残党兵に接触させ、わたしとアニエスを暗殺するように仕向けた」

「あ、暗殺!?」

本気で驚くリーリア王女に「おや、それは知らなかったのか？」とエグバートは大げさに目を見開いた。

「わたしとアニエスがお忍びで出かけることをラルドの者に伝え、剣や槍が効かぬなら火あぶりにしろと命じたのは、ほかでもないこの男だ」

この男、と言いながら、エグバートは宰相補佐をくいっと顎で示した。

てっきり敗戦したラルド兵が腹いせのために、アニエスもろともエグバートを始末しようと考えた……と思っていただけに、それが同盟国の宰相補佐の提案と聞いて、さしものアニエスもあんぐりと口を開けて驚いてしまった。

アニエスだけでなくこの場に集まった全員が初耳だったようで、広間はすぐに大きなどよめきに包まれる。

「アニエス様のお怪我はそのせいだったのか……！」

「ラルドの残党に襲われたとは聞いたけど、お怪我自体は階段で転ばれて手首をひねったと発表されていましたのに」

「宰相補佐を捕らえるために、表向きそのように発表して、目くらましにされたのだろうな」

重臣たちはエグバートが説明するまでもなく、あれよあれよと言う間に答えにたどり着いて、一斉にリーリア王女と宰相補佐を糾弾しはじめた。

「おおかた我が国が同盟国への補償や援助を出し渋りしていたから、このような強硬手段に及んだのだろう！」

「エグバート様をアニエス様もろとも葬ろうとするなんて。それもラルドの人間を用いてとは、なんと卑劣かつ卑怯な……！」

「イーデン国王ほど狡猾な男もいない。──よもや、エグバート様とアニエス様を葬ることで我が国に混乱をもたらし、その隙を突いて攻め入ってくるつもりだったとか……!?」

「我が国の乗っ取りがイーデン王国の真の狙いか！」

重臣たちの結論に、エグバートも重々しくうなずいた。

「わたしもそのように考えている。──よって、イーデン王国のリーリア王女、並びに宰相補佐よ。そなたらをイーデン王国に返すことはままならぬ！　衛兵、この二人を地下牢へ収監せよ！」

どこに控えていたのか、いきなり衛兵がわっと現れて、すかさずリーリア王女を拘束した。宰相補佐の周りにも衛兵がつき、手が空いている者は二人に槍を突きつける。

鋭利な刃物を四方八方から突きつけられて、リーリア王女は真っ青になって悲鳴を上げた。

「わ、わたくしになんてものを向けるの！　は、離しなさい、汚らわしい手でさわらないで‼」

「耳障りな声は宴にふさわしくないな。すみやかに二人を連行しろ」

「いやよ！　いや！　わたくしはなにも知らない！　乗っ取りなんて、そんなこと考えているわけないじゃない‼　いやぁあああああ！」

リーリア王女は最後まで大声でわめき、身をよじって暴れていたが、ほどなく広間から連れ出されていった。

宰相補佐もかなりの力で暴れていたが、即座に衛兵に鳩尾を殴られ、ぐったりと気絶した状態で運ばれていく。

衛兵たちが去ると広間はしんとした静けさに包まれたが、それも一瞬のこと。

王妃の隣にたたずんでいた国王が、ゆったりした動きで手を叩きはじめた。

「——まっこと、我が息子である王太子の慧眼(けいがん)はたいしたものだ。我が国を脅かさぬとする存在をいち早く見抜き、最悪の事態が起きる前にすべての証拠をそろえ、大捕物を叶えるとは！　我が国の未来は明るいと思わぬか？」

そうだろうとばかりに国王が両手を広げると、集まった人々はわっと拍手を響かせた。

「陛下のおっしゃるとおりです！」

「我がロローム王国はエグバート殿下により救われた！」

「エグバート殿下、万歳！」

皆が口々にエグバートを褒め称え、パーティーは一気に明るさを取り戻す。国王がすかさずワインを配るように命じ、全員に杯が行き渡ったところで、笑顔で挨拶した。

「未来の王太子妃アニエスの快気祝いと、王太子エグバートの英明さと、我が国のますますの発展を願って！　乾杯！」

「かんぱーい！」

人々は明るい笑顔でワインを傾け、またわっと拍手を響かせる。

悠々とした笑顔で賛辞に手を振るエグバートを見て、アニエスは改めて彼の聡明さに舌を巻いてしまった。

「どうした、アニエス？」

「いえ……わたし、すごいひとと結婚するんだよなぁと思って」

するとエグバートはほんの少し身をかがめて、ぼそぼそとつぶやいた。

「お願いだからまた逃げようとは思わないでくれ。……こんな言い訳が通じるのは一回きりだ」

「ですね」

アニエスは思わず苦笑いする。

エグバートはにやりとほほ笑み、アニエスの頬に口づけを贈るのだった。

――その後、同盟国イーデン側からは間者のことなど知らぬ存ぜぬと回答が返ってきた。すべては宰相補佐の独断で、国はなにも関わっていないと。

トカゲの尻尾切りなのは明らかだ。

宰相補佐はとにかく王女は返還しろとの要請もあったが、エグバートはすげなく突っぱね、リーリア王女を国内の辺境にある女子修道院に封じた。

それならば同盟は解消だとイーデン側がわめいてきたので、エグバートは待っていましたとばかりにすぐさま手続きに移り、呼び集めた各国の代表の前で同盟破棄の書類に署名した。

イーデン側は大陸中から集まった代表たちに、いかにロローム側が横暴かを吹きこもうとしたが、そんなことを許すエグバートではない。

手続きがはじまる前に、各国には『実はこういうことがあって……』と事情を伝えていた。

それ以前からイーデン国王こそが横暴で姑息であることを知る各国の代表たちは、事情を聞くなりロローム側に大いに同情し、見舞いの言葉まで寄越したほどだ。

それに各国代表の関心は同盟の破棄よりも、一騎当千の強者であるエグバート本人に会えるということにあり、実際の彼に挨拶し言葉を交わせた事実に大いに感激していた。各種の手続きも歓迎の式典のあいだも、エグバートへの敬愛とロローム王国への友好の雰囲気で満ちていたほどだ。

結果的にロローム王国とイーデン王国は同盟を解消し袂（たもと）を分かつことになったが、ロローム王国としてはさしたる問題はなにも起こらず、平和な日々が続くばかりだ。

長く続いた戦争で疲弊し、ロローム王国の支援に頼り切っていたイーデン王国の財政は火の車だということだが、ロローム王国はもちろん他国もこれに干渉することはいっさいなかった。

むしろ、エグバートの戴冠式とアニエスとの結婚式の日取りが発表されると、大陸中の関心がそちらに注がれ、イーデン王国のことなどあっという間に隅に追いやられてしまう。

そしてエグバートは国王として即位するため、より忙しい日々を送ることになり、アニエスもお妃教育の最終段階ということで、めまぐるしい日々を過ごすことになったのだった。

第九章　二人で幸せを広めていく

「それでは、誓いの口づけを――」

老齢の大神官が促してくる。

ブーケを手にしたアニエスはいそいそと身体の向きを変え、隣にいたエグバートと向き直った。

（ああ、本当に全部が格好良いんだから……！）

ヴェール越しでも、結婚式に臨むエグバートの輝かしい美貌が見て取れる。

上下白の騎士服に緋色のマント、金色の飾緒がきらきらする豪華な衣装を身につける彼だが、整髪剤で整えた髪に王冠をかぶっているから、よけいにまばゆく、直視するのもはばかられるほどだった。

（なにより顔。顔がよすぎる……！）

薄氷の瞳は穏やかに細められ、整ったくちびるは優しく弧を描いている。

いつにも増して甘い表情を前に、アニエスの胸は高鳴りっぱなしだった。

（本当にわたしが結婚していいお相手なのかしら？）

完全無欠と言ってもいいお方に愛されているなど、未だ夢のようで信じがたい。

だが夢ではない証拠に、ヴェールを持ち上げられる気配にも、両頬にそっと手を当てられ上向かせられる仕草にも、すべてに温かみと感触があった。

エグバートの薄氷色の瞳が間近に迫ってきて、アニエスはあわてて目を閉じる。

くちびるが重なったのはそのすぐあとだ。うやうやしい口づけに、アニエスの全身が喜びで震えた。

「――女神様の御許(みもと)にて、二人は無事に夫婦となりました。どうぞ祝福の拍手を」

神殿長の嬉しそうな声に、列席する参加者たちは笑顔で拍手を送る。最前列に座る国王と王妃など、感極まって泣き出したほどだ。

神殿の外では鐘も鳴らされ、リンゴーン、リンゴーンと荘厳かつ喜びにあふれた音が響く。それを聞いて、神殿の外に集まった人々も歓声を上げるのが聞こえた。

「これでようやく、あなたを妃と呼べる」

さまざまな物音が飛び交う中でも、エグバートが耳元にささやいた言葉はよく聞こえた。

短いその言葉が喜色に弾んでいるのに気づき、アニエスも多大な幸せと気恥ずかしさで胸がいっぱいになるのだった。


戴冠式と結婚式のあとは、無蓋馬車に乗って王城までの道をパレードした。

沿道に並ぶ人々に笑顔で手を振ると、きゃー！　という歓声があちこちから聞こえてくる。

「エグバート陛下ぁああ！　アニエス王妃ぃいい！」

「美男美女のお二人だわ！　本当にお似合いね」

「我が国の未来は安泰だなぁ……！」

そんな声があちこちから聞こえて、アニエスはポッと頬を染めた。

「エグバート様はとにかく、わたしは美女と呼ばれるような器量ではないのに」

エグバートは信じられないことを聞いたという顔で、アニエスをまじまじと見つめてきた。

「な、なんですか？」

「……そういえば、あなたは以前から自分のことを低く見積もっていたな。平凡だとかなんとか」

「だってそうですし」

当然の顔をしてうなずくアニエスに、エグバートはなぜか「はぁ……」と大きなため息をついた。

「な、なぜため息なのですか」

「あなたはあなたの魅力をちっともわかっていないのだな。濃いめのたっぷりとした金髪に大きな瞳に、よく変わる表情。これだけでも魅力的だというのに」

「単に見ていておもしろいだけでは？」

特にエグバートは「見飽きない」という趣旨のことをよく言ってくるし。

「おまけに五カ国語を完璧に操り、六桁の計算を暗算で割り出す頭の持ち主でもある。字は美しく、書類の書き方も完璧。手紙の代筆も問題なく任せられる。人前に出ても物怖(ものお)じせず、五分もあればスピーチ用原稿を一言一句違えずに覚えて、人前ではきはきと発表できる」

「……え？　でもそれは世継ぎの花嫁全員ができることでは？」

アニエスはあくまで四人の家庭教師が言うままに勉強しただけなのだ。歴代の花嫁も同じような教養を叩き込まれていると思っていたが。

「母上も祖母上も、外国語など三カ国語がせいぜい。スピーチは原稿を手に読むし、計算は数字を見ただけで頭痛がするとおっしゃるほどだった」

「え、そうなのですか？」

アニエスは本気で驚いて目を丸くした。

「おそらく……あなたにつけられた家庭教師は、あなたがあまりに優秀で呑み込みが早いから、必要のないものまで、あれこれ仕込みたくなったのだろうな。わたし自身、英雄の城であなたが計算でも代筆でも恐ろしい早さでこなすのを見て、さらなる仕事を任せたいと思ったくらいだし」

考え考え言うエグバートに、アニエスはぽかんと口を開けて固まった
「わ、わたしが優秀？　うそぉ……。『その程度で音を上げていては完璧な王太子であるエグバート様に釣り合いませんよ！』って、ずっと言われ続けてきたのに」

「なるほど。あなたを奮起させるための言葉が、逆にあなたの劣等感を育ててしまったわけか。まったく、教師陣のスパルタには困ったものだ」

エグバートは頭が痛いとばかりにこめかみあたりを指でぐりぐりと揉みほぐした。

一方のアニエスも呆然となる。どうやら自分はそこそこ優秀な部類の人間だったらしい。平凡な容

姿の上、出来が悪くてエグバートに釣り合わないと思ってきただけに、青天の霹靂もいいところだ。

「わたし、誓いのキスを交わすときですら、エグバート様のような立派な方と結婚してもいいのかしらと思っていたのに」

「いいに決まっているだろう。あなたの愛らしさと賢さ、そして絶妙に図太いところは、わたしの花嫁としても王妃としても最高の素質なのだ。もっと自分を誇ってくれ」

「うーん、微妙にけなされているような気もしますけれど」

「気のせいだ」

エグバートはにやりとほほ笑み、アニエスの頬に口づける。

それを見た沿道の人々から「きゃ――――！」とこれ以上ない黄色い歓声が上がって、アニエスは真っ赤になった。

「ふ、不意打ちは卑怯ですよ、殿下」

「もう陛下だ。いいではないか、民は喜んでいる」

「まったく……」

本当に時々子供っぽくなるのだから。そう思いながらも、アニエスは促されるまま笑顔で沿道に手を振り続ける。

気づけばもう王城の足下までやってきていた。無蓋馬車を降りた二人は、このあとに続く食事会や舞踏会に向けて、あわただしく支度に向かうのだった。

すっかり夜が更け、祝賀舞踏会が宴もたけなわとなった頃。

身を清めたアニエスは真新しい夜着を着込んで、国王夫妻の寝室へと入っていた。

「いよいよ初夜でございますね、アニエスお嬢様。あ、ではなく王太子妃……でもなく、王妃様」

感極まって涙ぐんでいたララはあわてた様子で訂正する。アニエスは思わず笑ってしまった。

「一足飛びに王妃ですものね。わたしもまだ実感がないくらいよ」

「でも、アニエス様であれば王妃も無事に務まりましょう。王太子……ではなく、国王陛下も認める才女であらせられますもの」

「その実感もないのだけどね」

だがエグバートがああ言ってくれたのだから、これからは自分の能力をもうちょっと信じていこうとアニエスは思った。

ララが枕元に明かりを点し、水差しやなにやらを用意し終えた頃。アニエスが入ってきたのと反対側の扉がノックされて、エグバートが入ってきた。彼もまた新しい夜着姿だ。

「ご苦労。もう下がっていいぞ」

「はい。おやすみなさいませ」

ララはお仕着せのスカートの裾をつまんで深々と一礼すると、すみやかに退室していった。

「疲れたか？」

「多少は」

「わたしは大いに疲れた。愛想笑いを浮かべるのも忍耐が必要なのだな」

エグバートはふぅっとため息をつくと、行儀悪く寝台に大の字になった。

「では、もうお休みになります？」

「そんなわけがない」

アニエスのいたずらっぽい問いかけに、エグバートはにやりと笑って両腕を広げた。

「おいで」

アニエスは気恥ずかしくなりながらも、部屋靴を脱いで寝台に上がった。

ぎゅっと抱きしめられ、くちびると言わず顔中に口づけられて、くすぐったさに小さな笑いが漏れる。

「ようやくあなたと結婚できたな。この一年は長かった」

「本当に」

エグバートの肩口に頬を預けながら、アニエスもしみじみとうなずいた。

結婚式はとにかく戴冠式はもっと先でもいいのではないかと思ったが、先代国王夫妻が「一刻も早く隠居したいぃいい！」と言って利かなかったため、しかたなく生前退位と戴冠の用意もすることになったのだ。

先代国王も王妃も人前では堂々として、それなりの威厳を保っていられるというのに、いざ家族だけの場になるとさめざめと泣き出しヒステリックになるのだから困ったものである。

二人は一連の行事が終わったら早々と王城を出発し、南方にある離宮に向かう予定になっている。

今頃は「これで国王と王妃の務めは終わり！」とばかりに祝杯を挙げている頃であろう。

「落ち着いた頃に遊びにおいでとおっしゃっていましたよ。できれば孫も連れて、とかなんとか」

「ふむ、その願いに関しては早く実現できるようにしたいな」

アニエスの腰を抱いたまま、エグバートはぐるりと寝返りを打つ。そうするとアニエスが仰向けになり、エグバートはその上に覆いかぶさる体勢になった。

「んっ……」

さっそく口づけられて、アニエスはとくとくと高鳴っていく胸の鼓動を否応なく意識する。

「愛している、アニエス」

口づけの合間にエグバートがささやいてくる。

アニエスは「わたしも」と答える代わりに彼の首に腕を回して、ぎゅっと抱きついたのだった。


エグバートの愛撫はいつになく丁寧で、執拗だった。

「あ、そこ……っ、や、あぁあっ」

感じやすい秘所の芽の裏側を指の腹でこすられて、アニエスは腰をびくびくっと大きく震わせ達してしまう。

蜜壺が奥へ引き込むように大きくうねり、エグバートの指をきつく食い締めた。

「ん……達するほどに締めつけがきつくなっていないか？」

「知ら、なぃ……」

はぁはぁと息を乱しながら少し反抗的につぶやくと、エグバートは楽しげに笑った。

「そろそろ、欲しくなってきたのではないか？」

「ん……」

もう何度も絶頂を味わわされて、身体は彼を欲しがって熱くうずいている。

指がずるりと抜けるなり蜜口からは大量の蜜があふれ、ひくひくと物欲しげに震えていた。

「アニエス、腰を上げて」

「え……？」

仰向けになっていたアニエスを引き起こし、エグバートは今度は自分が仰向けになる。

「わたしの上に乗ってごらん？」

「え、無理」

「無理ではない」

即答したアニエスに肩を揺らして笑いながら、エグバートは彼女の腰を引き寄せる。

気づけば仰向けになったエグバートの腰をまたぎ、そそり立つ彼の剛直の真上に膝立ちになっている体勢になった。

「あ、あの、さわっているのですが……っ」

少しでも腰を落とすと、彼の竿部に自分の秘所をくっつける形になってしまう。何度も絶頂を味わわされ膝が震えている中では、膝立ちでいるのは苦行だった。

「このまま、あなたからわたしのものを迎えてくれ」

「えっ」

アニエスはぎょっと目を見開いた。

「……わ、わたしから、その、これを、入れろということですか？」

「そうだ」

「無理です！」

「無理ではない」

エグバートは笑うのをこらえる顔つきでくり返した。

「これだけ濡れてほぐれているのだ。わたしの先端を合わせて腰を落とせば、簡単に入る」

「あんっ」

いたずらに蜜口を指でくすぐられて、アニエスは腰を大きく震わせた。

「だ、めです、さわっては……」

「あなたがこのままでいる限りはさわりたいな」

「だめだめ……っ、わ、わかりました、入れますからっ」

半ば自棄になりながらも、アニエスは手探りでエグバートの竿部にふれる。

（うぅ、恥ずかしすぎる……）

そっと握り込んだ彼の屹立は信じられないほど熱く、硬い。

男性のそこをさわっているという事実だけでも恥ずかしいのに……これがもたらす愉悦がいかに大きいかを知っているだけに、どこか期待を抱く自分がいるのもわかって、アニエスは己のはしたなさに真っ赤になる思いだった。

「もう一方の手で入り口を開くんだ。そう……そのまま先端を宛てて」

「うぅ、そんなに見ないでくださいよ」

「それは無理だな」

「そこは『無理ではない』って言うところですっ」

エグバートは大いに笑って、腰を軽く浮かせてアニエスを急かしてきた。

「ほら、早く迎え入れてくれ」

「そう思うなら茶々を入れないでください……っ、んっ」

つるりと丸い亀頭を指で開いた蜜口に添えて、ゆっくり腰を落としていく。自分が動くたびに彼の剛直がずぶずぶと入っていく感覚に、背筋がぞくぞくと震えるのがはっきりわかった。

「は、ああ……」

根元まですっかり迎え入れて、アニエスはぺたりとエグバートの腰に座り込む形になる。息をするたびに身体の中に彼を感じて、なんとも不思議な心地だった。

「ああ、よく濡れて、熱いな」

エグバートも気持ちよさそうにため息をつく。

「……で、どうすればいいのですか、これ」

思わず真顔で尋ねると、エグバートは今度は盛大に噴き出した。

「色気もなにもない顔で問いかけてくれるな」

「だ、だって……ちょ、あんっ、う、動かないでぇ……」

彼が笑うたびに蜜壺を埋める肉棒まで動いて、地味に快感を生み出してくる。

内腿をぶるぶる震わせるアニエスの腰を、エグバートはゆったりとなでた。

「動いてみろ。乗馬と同じ要領だ」

「乗馬って……殿下を馬だと思えということ？」

「そうだ。それにわたしはもう陛下だ」

「んもう、揚げ足を取らないでください。そんな気が回るわけが……あ、あぁ……っ」

エグバートが軽く腰を揺すってきて、アニエスは下腹部の奥から沸き上がる快感に喉を震わせた。

「ほら、動いてみろ」

「ンン……！」

アニエスはおずおずと腰を前後に動かしてみる。

中で彼のものが擦れるたびに甘い快感が沸き上がって、胸を掻きむしりたくなるような衝動が生まれた。

「は、あぁ、ああん……」

心地よい刺激に、腰を揺すりながらつい目を閉じて快感にふけっていると、エグバートが「よさそうだな」とささやいてきた。

「ん……いいの……、あんっ」

「素直なあなたはきらいではない」

「ああっ……！」

剥き出しの乳房を柔らかく揉まれて、アニエスは喉を反らしてため息をつく。

乳首をいじられるのが気持ちよくて、つい背中を猫のように反らして胸を突き出すように動いていた。

「はっ、あぁ、あんン……！」

腰を動かすたびに濡れ襞に熱棒が擦れて、たまらない愉悦をもたらしてくる。アニエスは夢中になって腰を振り、湧き上がる快感に身をゆだねた。

アニエスが没頭する姿にエグバートもそそられるようで、胸をいじる手がより執拗になってくる。

ぷっくりふくらんだ乳首をこねられ、指先でこすられると、そこからも快感が立ち上って腰奥が熱く震えた。

「あ、はぁ……っ、はぁあああっ……‼」

アニエスはとうとう喉を反らして甘い悲鳴を上げる。腰ががくがくと大きく震えた。

蜜壺がひとりでにきゅうっとうねって、エグバートの肉竿に激しく絡みつく。

「っ……」

エグバートは少し苦しげに顔をゆがめ、吐精をこらえた。

そしてアニエスの絶頂が落ち着くなり、身体を入れ替えて彼女を仰向けにさせる。

「あ、エグバートさ……あぁぁあん！」

まだ絶頂の余韻が残る中、真上から肉棒をずちゅっと突き入れられ、アニエスはあられもない声を上げる。

そのまま何度もじゅぷじゅぷと抜き差しされて、アニエスは「あ、あ、あ」と舌をのぞかせながら喘ぐばかりになってしまった。

「はぁ、よく濡れているな……っ。自分で動いてこれほど感じたのか」

抽送のたびにアニエスの奥から熱い蜜がこぼれて、蜜口のあたりで泡立ってこぼれていく。

アニエスは無意識に腰を揺らしながら、再び身体の奥を熱くしていった。

「だって……気持ちよくて……あぁあ、あぁん……！」

「舌を出して」

言われるままくちびるを開き濡れた舌を見せると、エグバートはすぐさまくちびるを重ねてくる。

「ん、んぅっ、ンン――ッ……！」

上でも下でも密に絡み合って、アニエスは気持ちよさのあまりがくがくと全身を震わせた。

蜜壺もきゅうっとうねって、エグバートは今度はこらえることなく、アニエスの奥で欲望をはじけさせる。

「んあぁぁあ……ッ」

下腹部にじんわり広がる熱さを感じて、アニエスはくちびるを震わせながら陶然となる。

目を伏せたエグバートもはぁはぁと荒い息をついて、アニエスのくちびるを強く吸い上げた。

「んぅぅ……っ」

たったそれだけの仕草にもひどく感じて、アニエスはまた小さな絶頂に見舞われる。

気持ちよさのあまり、胸を激しく上下させながらもぼうっと横たわっていると、エグバートがアニエスの金髪を一房持ち上げるのが見えた。

その毛先に口づけた彼は、また緩やかに腰を動かしはじめる。

「あ、あ、やぁあん……」

「悪いが、もう少し付き合ってくれ。一度では収まらない」

「え……うそ。わたし、もう疲れて……」

ぎょっと目を瞠った直後、彼の胸元に例のきらきらした金色の光が見えて、アニエスは頬を引き攣

らせる。目をこらさずともはっきり見えることから、彼が欲情しきっていることは明らかだ。

アニエスの視線から彼女が見たものがわかったのだろう。エグバートはにやりとほほ笑んで、アニエスの腰をしっかり抱え直す。

「や、だめ、……ひゃあぁ……！」

だが、いざ腰を揺すられながら胸を揉まれ、耳孔を舐められると、アニエスの中にも新たな欲望が兆してきて……。

結局、一度や二度ではとうてい終わらず、新婚初夜は甘く濃密なままに更けていったのであった。

＊　＊　＊

大盛況だった戴冠式と結婚式から、約一ヶ月。

夏の日差しがまぶしい中、アニエスとエグバートはいつかのお忍びのとき同様、乗馬服と騎士服という格好で『女神の城』を訪れていた。諸々の行事が落ち着いたので、新婚旅行も兼ねてちょっとした息抜きにやってきたのだ。

本来なら盛大な出発式をしてアニエスを王都へ送り出す予定だった女神の城の面々は、紆余曲折（うよきょくせつ）ありつつも無事に王妃となったアニエスにほっとした顔をしつつ、「二度と逃げ出すなんて真似はよしてくださいね……！」と、わりと本気で懇願していた。

「アニエス様の行動力はピカイチでございますから、なにかされると、こちらとしても手の施しようがないものが多いのです……！」

「こうと決めたら曲げない頑固なところも、思い込みが激しいところもございますし」

「その上、我々が無駄にさまざまな知識を叩き込んだこともあり、そんじょそこらのお嬢様とは比べものにならないほど博識で聡明でいらっしゃるから……っ」

「こんなことなら、もっと刺繍ですとか楽器ですとか、内向的なものを極めさせればよかったと後悔するばかりでございました……！」

顔を見せにきてくれた四人の家庭教師たちなど、口々にそんなことを言っていて（これは褒められているの？　けなされているの？）と、アニエスは微妙な気持ちになるばかりだった。

一方のエグバートは国王らしい鷹揚な笑みを彼らに向ける。

「すべては過ぎたことだ。結果的に彼女は王妃となり、我が治世になくてはならない存在になっている。戦争未亡人や孤児たちの処遇については、わたしから引き続いだあとで、特にがんばってもらっているのだ。それもこれも貴殿らの教育の賜物(たまもの)であろう」

「うぅ……、もったいなきお言葉でございます」

感極まった家庭教師たちは深々と頭を下げ、改めて二人の結婚と即位を祝福してくれた。

女神の城の面々に挨拶したあとは、二人で城下町に降りて気ままに散策を楽しむ。その際、アニエスは黒髪の鬘をお下げにしてかぶっていた。

お忍び用の変装でもあるのだが、この髪色で行きたかったところがあったのだ。

街外れにある大衆食堂『水車亭』に到着した二人は、まだ開店前で忙しそうな店に「ごめんくださーい」と入っていった。

「はいはい、申し訳ないけど開店まであと三十分で……。って……あ、あんた、もしかしてアニーじゃないかいっ？」

エプロンで手を拭きながら出てきたのは、ぎっくり腰がすっかり治ったらしい水車亭の女将だった。

彼女が自分を覚えていたことが嬉しくて、アニエスは「はい、そうです！」と涙ぐんでしまう。

女将は「こりゃ驚いた！」と言うなり、いったん奥に引っ込んで店主と二人の女給を大急ぎで引っぱってきた。

「あんた！　アニーだよ、アニーがきてくれたよ、ほら早く！」

「アニーって、あの黒髪のそばかすの娘かい？　……おお、本当だ、アニーだ！」

記憶にあるのとまったく変わらない店主も、アニエスを見るなり両腕を広げて歓迎してくれた。気むずかし屋の女将など鼻を真っ赤にして涙ぐんで、アニエスを「元気そうでよかったよ」としっかり抱きしめてくれた。

「アニー、あんたったら、いいところのお嬢様だったんだって？　まあまあ、上等な服を着て！　よく似合っているよ」

「ありがとうございます、女将さん」

盛り上がる二人を見て、困惑顔でたたずんでいた二人の女給がそろそろと進み出てきた。

「ええと、このひとが、あたしたちがくるまえに働いていたっていう……？」

まだ十五歳にもならないくらいの二人の少女は、女将がうなずくと、すぐさまアニエスに頭を下げてくる。

「一年前のあの日、あたしたちは両親が事故で死んじゃって、仕事を探して街に出てきたところだったんです。あなたの従者だという男の方に見つけてもらって、ここを紹介してもらえて、本当に本当に助かったんです」

その男の方というのはロイドのことだなと思いつつ、アニエスはにっこりほほ笑んだ。

「それを聞いたら従者も喜ぶわ。あなたたちは姉妹なのね？」

「はい。住み込みで働かせてもらっています」

「そうなの。わたしも急に仕事を辞めることになったから、あなたたちがいてくれてとても助かったわ。ありがとう」

「いえ、そんな」

赤くなって恐縮する姉妹にアニエスは（可愛い～！）と悶えてしまうが、女将から「本当に急な話でびっくりしたよ！」と怒られ、たちまち小さくなった。

「うぅ、本当にすいません……」

「結婚がいやで逃げ出したんだって？　でも、こうやって男連れできているってことは、ちゃんと収まるところに収まったってことかい？」

女将は遠慮することなく、騎士姿のエグバートをじろじろ見つめた。

「ふぅん、いい男じゃないか。王国騎士様とはね。その目はどうしたんです？」

「同盟国の戦争に駆り出されて、運悪く潰れてしまってね」

エグバートも素顔をさらして歩くのはさすがに目を惹くので、右目にあえて眼帯をして、帽子も目深にかぶっていた。

そのためか、彼は偽りの経歴をすらすらと口にする。

「一時的に重傷者名簿に入ったのだが、本国にはなぜか死亡と伝わって……。おかげで、わたしが死んだと思った彼女は絶望して、ほかの男と結婚させられるくらいならと、衝動的に家を出たというわけだったのさ」

「ああ、そういう事情だったのかい……！　思い詰めた顔をしていることが多いなぁとも思っていたけど、あんたも苦労していたんだね、アニー！」

「あ、あははは、まぁ、そんな感じだったのですよ」

この手の作り話をさせたらエグバートは一流だなと思いつつ、アニエスはしおらしくうなずいておいた。

「だがこうして一緒にいるってことは、死んだと思った婚約者が戻ってきて、おまえを探し出してくれたってことだよな、アニー？　今は幸せにやってるんだろ？　顔を見りゃわかるよ」

店主も嬉しそうに涙ぐんで、こうしちゃいられないとばかりに、鼻をすすって厨房に向かった。

「昼飯はまだだろうな？　せっかくだから食べて行ってくれ！　もう少ししたら常連もくるだろうからさ」

「わぁ、いいんですか？　嬉しい！　ここのお料理はどれも美味しいんですよ」

アニエスの言葉に、エグバートも笑顔でうなずいた。

「そうだな。せっかくだからご相伴にあずかろう」

「結婚祝いに、ぜひともおごらせておくれ」

めずらしくにこにこと笑う女将に、アニエスは「いえいえ」と首を振った。

「お金はしっかり払わせてください。――ほら！　ちゃんと持ってきているんですから」

「あんた、それ……！」

アニエスが掲げた袋を見て、女将は大きく目を見開いた。そしてすぐに泣きそうに顔をくしゃっとさせる。

「一年前の給料袋を、そのまま持ってくる奴があるかい……！　こんな立派な騎士様に嫁いでいるのに、そんな薄汚れた袋を持つなんて恥ずかしい」

「恥ずかしくなんてありません。だってこれはわたしが十日間、がんばって働いて稼いだお金ですもの。ねえ、旦那様？」

にっこり笑うアニエスに、エグバートも誇らしげにほほ笑んだ。

「その通りだ。そして自分で稼いだ金で美味しいものを食べるのは、格別の贅沢だ」

「ほらね？」

「ああもう、そんな嬉しいことを言って！　別になんも出てきやしないんだからねっ」

そう言いながらも、女将は即座に一番いいワインを棚から引っぱり出してきた。

そうこうするうちに開店時間になって、常連客たちがぞろぞろと陽気に来店してくる。

「……んっ、あれ⁉　アニーちゃんじゃないか⁉　去年の今頃、ちょっとだけ働いてた……」

「ドミさん！　お久しぶりです。そうです、アニーです！」

「わあああ、やっぱりか！　嫁に行ったたって聞いていたが……こっちの騎士様が旦那さんかい？　かーっ、男前！　なんともめでたいじゃないか！　女将、酒だ酒！　こりゃ盛大に祝わねぇと！」

「はいはい、さっきっから大盤振る舞い中だよ！」

常連客に言われるまでもなく、女将はどんどん酒を出し、店主もつまみを次から次へと作り出す。

二人の女給も、忙しくも楽しそうにくるくる働いていた。

人数が揃うと、いつかのようなどんちゃん騒ぎになって、アニエスは懐かしい空気に思わず涙ぐむ。

エグバートも男たちに気安く絡まれていた。

「ほらほら騎士様！　じゃんじゃん飲んじゃってー！」

「わぁ、ドミさん、そんなにお酒をつがないでくださいよ！　うちの旦那様はいいおうちの出だから、こういう雰囲気にはあんまり――」

あわてて止めに入るアニエスだが、エグバートは意外にも「心配いらない」と鷹揚に首を横に振った。

「戦場でも、勝ち戦のあとはこんなふうに大騒ぎしたものだ。むしろ、この雰囲気が懐かしいとすら感じているよ」

「そうなのですか？」

「ああ。――実際のところ、格式張った王宮の祝宴より、こういうほうが好きなんだ」

にやりとほほ笑むエグバートに対し、アニエスもつい同じような笑顔になった。

「実は、わたしもです」

二人は目を合わせてほほ笑み合う。

それを見ていたドミたち常連客が「ほら、せっかくだからチューとかしてくれよ！」とはやし立ててきた。

さすがにそれはと苦笑いするアニエスだったが、エグバートがかすめるように口づけてきたので、たちまち真っ赤になってしまう。

常連客たちはひゅーっと口笛を吹き、拍手を響かせた。

「おめでとう、お二人さん！　本当におめでとう！　末永くお幸せにな！」

客からも店主からも女将からもそんなふうに祝われて、アニエスもエグバートも心から嬉しい気持ちになる。

――女神の城から逃げ出したことで迷惑もかけてしまったけれど、逃げ出さなければ、このひとたちと出会うことは決してなかった。

エグバートの考えや本心を知る機会もないまま、アニエスは暗い気持ちで王城へと嫁いでいたかもしれない。

遠回りしたからこそ今の幸せがあると思えば、すべてはよい巡り合わせの中にあったのだと、しみじみと感じられた。

「わたし、幸せです。この幸せがあるのは、今まで出会ってきたひとたちのおかげ。だからこれからは、わたしがたくさんのひとたちを幸せにしていきたい」

そのためか、アニエスの口からはいろんな言葉が出てくる。

エグバートも力強くうなずいた。

「わたしも同じ気持ちだ。二人で築いていこう。皆が幸せになれる国を」

「はい！」

たくさんの祝福に囲まれて、二人はそろってにっこりと笑顔になった。


戦神とも呼ばれたエグバート王とアニエス王妃の時代は、ロローム王国の歴史の中でも平和と繁栄の時代として長く語られることになる。

それぞれ賢王、賢妃として語られる二人だが、お忍びでの街歩きが好きだったこと、街の食堂にふらりと現れては地元の人間と気安く食事をしたことなど、意外と庶民的な逸話も多い。

そのせいか、二人の人気は時代が移ろっても決して色褪(いろあ)せることはなかったという。


遠い未来のことなどつゆ知らず、二人は山盛りの食事やどんどん注がれる酒に、さすがに食べきれないと大あわてになってしまう。

そんな二人の様子を中心にまた笑い声が上がって、街外れの食堂はその日、国一番の賑わいに包まれたのであった。

あとがき

本作をお手にとっていただき本当にありがとうございます。

ガブリエラブックス様でははじめまして。佐倉紫と申します。

そろそろ作家生活も十年を迎えようという頃ですが、そんなときにまた新たなレーベル様とご縁ができたことを心より嬉しく思っております。どうかお楽しみいただけますように。

さて、今回の物語は『結婚前に婚約者から逃亡してやるー！』とヒロインが意気込むところからはじまります。

婚約破棄ものが流行りの昨今ですが、今作も大枠ではその中に入るのかなぁと思いつつ、実際はヒロインが婚約破棄のために奮闘する冒頭になっているので、厳密には違うのかなぁとも思いつつ。

そもそも、なぜヒロインは婚約破棄を望んでいるのか。

ヒロイン・アニエスが住まう王国には、世継ぎの君の伴侶は神託によって決まってきたという歴史があり、彼女自身も儀式によって王太子エグバートの花嫁に選ばれました。

赤ん坊のときに選ばれて以来、王太子の妃にふさわしくあるため学んできたのですが、肝心の婚約者からはずっと放っておかれっぱなし……。

婚約者であるヒーロー・エグバート王太子も、好きで彼女を放っておいたわけではないのですが、そのあたりの事情は本編で確かめていただくとして。

とにかく、彼から逃れて自由になることをアニエスは画策するわけです。まぁ……その結果どうなるかは、お察しいただければと思いますが（笑）

本作はとにかく難産でした。わたしにしてはめずらしく書き直しに次ぐ書き直しで、本編の倍量の文章を書いて消したのではないかと思っております。

でこぼこというか、これまで互いを知らずにいた二人のお話だからか、作者自身も手探りだった部分が多かったのかなと思いますね。二人のキャラクターを掴むまでにかなり時間がかかったなというのが体感として残っております。

思っていたより執筆に時間がかかってしまったのも驚きでした。

六月初旬に着手したので、小学校に通う子供たちが夏休みに入る前には書き上げるぞ……！　と意気込んでいたのに、実際に脱稿できたのは、なんと八月の末。

夏休みの宿題が終わらない～！　と騒いでいたのは子供たちではなく、我が家の場合は完全にわたしという有様でした。親の威厳もなにもあったものではありません。

わたし自身は夏休みの宿題はそこそこ計画的にやるタイプで、最終日に泣きながらやるということはあまり記憶になかっただけに、まさか大人になってから八月の末に苦しむことになるとは……とかなり頭が痛かったです。

無事に書き上げられたときはほっとしたのはもちろん「間に合ったぁ……！」と半泣きになったほどでした。

そのぶん愛着もしっかりある作品になったかなと思います。二人の恋路がどうなるのか、是非見守っていただければありがたいです。

美麗なイラストはサマミヤアカザ先生に担当していただきました。
透明感あふれるイラストの美しさよ……！　エグバートが格好いいのは作中で何度も書いてきましたが、アニエスもこんなに可愛かったのねとイラストを見て把握できました（笑）
このたびは本当にありがとうございました。この場を借りて改めて御礼申し上げます。

そして担当様をはじめとする出版関係の皆様にも御礼を。

特に担当様には大変お世話になりました。プロット時や改稿時にはとても的確なご指摘をいただき、本作をより楽しく素敵なラブロマンスに導くことができたと思います。

また機会がありましたら是非ご一緒させていただければと思います。本当にありがとうございました。

最後は本作をお手にとってくださった読者様に。ここまでお読みいただき本当にありがとうございました。

またいつかお目にかかれる日を願いつつ、今後も精進してまいりますので、何卒よろしくお願いいたします。

佐倉 紫

ガブリエラブックスをお買い上げいただきありがとうございます。
佐倉 紫先生・サマミヤアカザ先生へのファンレターはこちらへお送りください。

〒110-0016　東京都台東区台東4-27-5（株）メディアソフト
ガブリエラブックス編集部気付 佐倉 紫先生／サマミヤアカザ先生 宛

MGB-105

婚前逃亡した侯爵令嬢ですが、嫌われてるはずの王太子に捕まりメチャクチャ溺愛されています!!

2024年1月15日 第1刷発行

著者　佐倉 紫（さくら ゆかり）

装画　サマミヤアカザ

発行人　日向晶

発行　株式会社メディアソフト
〒110-0016
東京都台東区台東4-27-5
TEL：03-5688-7559　FAX：03-5688-3512
https://www.media-soft.biz/

発売　株式会社三交社
〒110-0015
東京都台東区東上野1-7-15
ヒューリック東上野一丁目ビル３階
TEL：03-5826-4424　FAX：03-5826-4425
https://www.sanko-sha.com/

印刷　中央精版印刷株式会社

フォーマットデザイン　小石川ふに（deconeco）

装丁　吉野知栄（CoCo. Design）

ISBN 978-4-8155-4331-0